Stênio Garcia

Força da Natureza

Stênio Garcia

Força da Natureza

Wagner de Assis

imprensaoficial

São Paulo

GOVERNO DO ESTADO DE SÃO PAULO

Governador Alberto Goldman

imprensaoficial **Imprensa Oficial do Estado de São Paulo**

Diretor-presidente Hubert Alquéres

Coleção Aplauso

Coordenador Geral Rubens Ewald Filho

No Passado Está a História do Futuro

A Imprensa Oficial muito tem contribuído com a sociedade no papel que lhe cabe: a democratização de conhecimento por meio da leitura.

A Coleção Aplauso, lançada em 2004, é um exemplo bem-sucedido desse intento. Os temas nela abordados, como biografias de atores, diretores e dramaturgos, são garantia de que um fragmento da memória cultural do país será preservado. Por meio de conversas informais com jornalistas, a história dos artistas é transcrita em primeira pessoa, o que confere grande fluidez ao texto, conquistando mais e mais leitores.

Assim, muitas dessas figuras que tiveram importância fundamental para as artes cênicas brasileiras têm sido resgatadas do esquecimento. Mesmo o nome daqueles que já partiram são frequentemente evocados pela voz de seus companheiros de palco ou de seus biógrafos. Ou seja, nessas histórias que se cruzam, verdadeiros mitos são redescobertos e imortalizados.

E não só o público tem reconhecido a importância e a qualidade da Aplauso. Em 2008, a Coleção foi laureada com o mais importante prêmio da área editorial do Brasil: o Jabuti. Concedido pela Câmara Brasileira do Livro (CBL), a edição especial sobre Raul Cortez ganhou na categoria biografia.

Mas o que começou modestamente tomou vulto e novos temas passaram a integrar a Coleção ao longo desses anos. Hoje, a Aplauso inclui inúmeros outros temas correlatos como a história das pioneiras TVs brasileiras, companhias de dança, roteiros de filmes, peças de teatro e uma parte dedicada à música, com biografias de compositores, cantores, maestros, etc.

Para o final deste ano de 2010, está previsto o lançamento de 80 títulos, que se juntarão aos 220 já lançados até aqui. Destes, a maioria foi disponibilizada em acervo digital que pode ser acessado pela internet gratuitamente. Sem dúvida, essa ação constitui grande passo para difusão da nossa cultura entre estudantes, pesquisadores e leitores simplesmente interessados nas histórias.

Com tudo isso, a Coleção Aplauso passa a fazer parte ela própria de uma história na qual personagens ficcionais se misturam à daqueles que os criaram, e que por sua vez compõe algumas páginas de outra muito maior: a história do Brasil.

Boa leitura.

Alberto Goldman
Governador do Estado de São Paulo

Coleção Aplauso

O que lembro, tenho.
Guimarães Rosa

A *Coleção Aplauso*, concebida pela Imprensa Oficial, visa resgatar a memória da cultura nacional, biografando atores, atrizes e diretores que compõem a cena brasileira nas áreas de cinema, teatro e televisão. Foram selecionados escritores com largo currículo em jornalismo cultural para esse trabalho em que a história cênica e audiovisual brasileiras vem sendo reconstituída de maneira singular. Em entrevistas e encontros sucessivos estreita-se o contato entre biógrafos e biografados. Arquivos de documentos e imagens são pesquisados, e o universo que se reconstitui a partir do cotidiano e do fazer dessas personalidades permite reconstruir sua trajetória.

A decisão sobre o depoimento de cada um na primeira pessoa mantém o aspecto de tradição oral dos relatos, tornando o texto coloquial, como se o biografado falasse diretamente ao leitor.

Um aspecto importante da *Coleção* é que os resultados obtidos ultrapassam simples registros biográficos, revelando ao leitor facetas que também caracterizam o artista e seu ofício. Biógrafo e biografado se colocaram em reflexões que se estenderam sobre a formação intelectual e ideológica do artista, contextualizada na história brasileira.

São inúmeros os artistas a apontar o importante papel que tiveram os livros e a leitura em sua vida, deixando transparecer a firmeza do pensamento crítico ou denunciando preconceitos seculares que atrasaram e continuam atrasando nosso país. Muitos mostraram a importância para a sua formação terem atuado tanto no teatro quanto no cinema e na televisão, adquirindo, linguagens diferenciadas – analisando-as com suas particularidades.

Muitos títulos exploram o universo íntimo e psicológico do artista, revelando as circunstâncias que o conduziram à arte, como se abrigasse em si mesmo desde sempre, a complexidade dos personagens.

São livros que, além de atrair o grande público, interessarão igualmente aos estudiosos das artes cênicas, pois na *Coleção Aplauso* foi discutido o processo de criação que concerne ao teatro, ao cinema e à televisão. Foram abordadas a construção dos personagens, a análise, a história, a importância e a atualidade de alguns deles. Também foram examinados o relacionamento dos artistas com seus pares e diretores, os processos e as possibilidades de correção de erros no exercício do teatro e do cinema, a diferença entre esses veículos e a expressão de suas linguagens.

Se algum fator específico conduziu ao sucesso da *Coleção Aplauso* – e merece ser destacado –, é o interesse do leitor brasileiro em conhecer o percurso cultural de seu país.

À Imprensa Oficial e sua equipe coube reunir um bom time de jornalistas, organizar com eficácia a pesquisa documental e iconográfica e contar com a disposição e o empenho dos artistas, diretores, dramaturgos e roteiristas. Com a *Coleção* em curso, configurada e com identidade consolidada, constatamos que os sortilégios que envolvem palco, cenas, coxias, sets de filmagem, textos, imagens e palavras conjugados, e todos esses seres especiais – que neste universo transitam, transmutam e vivem – também nos tomaram e sensibilizaram.

É esse material cultural e de reflexão que pode ser agora compartilhado com os leitores de todo o Brasil.

Hubert Alquéres
Diretor-presidente
Imprensa Oficial do Estado de São Paulo

Introdução

O nome é uma junção da mãe Stela e do pai Antonio. Mas a mistura que faz a personalidade, talento e a força de Stênio Garcia está além do batismo. É uma combinação rara. Filho do interior, cidadão do mundo; pele brasileira, pés viajados; determinação guerreira, alma em paz.

A voz é grave. O tom, pausado. Olha nos olhos, mas perde-se quando as lembranças são intensas. Lágrimas moram ali. Adora dialogar. Com o universo, com a arte, com o público. Durante a sessão de entrevistas para este livro, a energia elétrica faltou em sua casa. Stênio continuou a falar normalmente. Em pleno breu, sua história vivia.

É ator formado com conhecimento de causa. Sabe teoria e pratica-a como ninguém. É "ator de personagem", como já se disse muitas vezes a seu respeito. O termo é usado para explicar homens capazes da metamorfose plena em outros. Para Stênio, termos como "entrega", "composição", "negação do eu" são quase adjetivos. Para o público, seu trabalho é de um assombro capaz de fazer o mais esperto observador perguntar: onde está o ator?

Mas também adora sua casa, onde anda de pantufas infantis no inverno e pisa a terra descalço no verão. Adora seus cachorros, os que estão no sítio no estado do Rio ou o boxer Stomp, que mora com ele e recebe constantes carinhos. Não se furta em mostrar para o visitante o cantinho dedicado ao personagem Tio Ali, da novela O Clone, da Rede Globo, um estrondoso sucesso que atravessou fronteiras e fez com que desse autógrafos a americanos e latinos em Nova York. Quando começa a falar da carreira, o local fica cheio. Os personagens entram sem pedir licença. São centenas. Cada qual com histórias particulares e tão interessantes que poderiam render uma enciclopédia.

Stênio é brasileiro típico – e simbólico – que aprendeu a vencer dificuldades em inúmeros "palcos"; da vida rural ao sucesso na cidade grande; da formação difícil e quase autodidata ao conhecimento vasto e prolífero; é talentoso, abençoado com o dom da interpretação, e conseguiu encontrar na profissão que ama um meio de sustento. É forte, saudável, alegre – e encara as vicissitudes da vida com coragem. Tem verve, vivacidade, vitalidade. É professor. Mas não se furta à posição de aluno regularmente. Sua história é que ensina. Sabe cozinhar, dar saltos-mortais, fazer crochê. Com a esposa, a atriz Marilene Saade, dá livros e filmes de presente aos amigos. E, diariamente, exercita uma dádiva milagrosa: estuda, estuda e estuda.

Tem paciência de monge: este projeto demorou dois anos para ser concretizado. A cada encontro, nem uma nesga de ansiedade de sua parte. Mesmo com agenda ocupada, gravações, palestras, projetos, viagens por fazer, sempre encontrava o ponto de recomeçar, falar do trabalho, filosofar sobre essência de sua vida. A série foi ao ar ontem? Ele curte a repercussão no dia seguinte, a audiência sempre alta, os comentários gerais. Nesse momento, tem nos olhos a alegria do jovem que desfruta do sucesso. Logo depois, tudo passa. Não se empolga tanto. É hora de pensar noutro texto, entre os diversos que recebe para filmes, peças e novelas. Vai entregar-se a outra realidade – da ficção, claro.

Assim, suas emoções ficam sempre expostas. Stênio se toca com uma cena de amigos noutra novela. Além disso, dedica-se a visitá-los. Principalmente no Retiro dos Artistas, onde faz presença. Seja lá, ou em qualquer lugar, não poupa sua energia. Claro que é humano e tem defeitos: por exemplo, não gosta de se ver na tela. Uma pena. Perde o show.

A exemplo de seu eterno Bino, o caminhoneiro da série Carga Pesada, conhece cada palmo deste chão por onde artistas com brilho próprio passam. Conhece com quantas madeiras se faz um palco, um teatro e uma jangada. Já fez todos eles, literalmente. Sabe o tamanho da tela do cinema. E a força da televisão. Anda por todas as mídias. Viajar é preciso...

Stênio Garcia é também a prova de que ser simples não significa ser simplório. Ser humilde não é ser subserviente. Abaixar a cabeça no cumprimento é respeito ao próximo. Perguntar é crescer. Ouvir também. Vai dar outro salto-mortal aos 80 anos. Ou melhor, vai dar um salto vital. Comemoração de quem se jogou no mundo. E trouxe-o junto.

Na trajetória mítica dos heróis, pode representar a figura do homem sábio, conselheiro, ponderado. O mentor. Mas já foi herói, que aceitou aventurar-se pela vida, deparar-se com provas e desafios, até encontrar o elixir da própria vida. Hoje, parece sorver dele. E aqui compartilha com os leitores.

Ao lado de seus troféus, à frente de seus personagens, junto com seus muitos certificados e prêmios (todos expostos devidamente em sua cidade natal, Mimoso do Sul, Espirito Santo, catalogados por sua primeira biógrafa, a socióloga Rosângela Garçoni), enfim, junto a uma extensa carreira de sucessos, elogios e histórias inesquecíveis, mas também contando com o carinho da família, dos amigos, o suporte da natureza que tanto preza, Stênio Garcia merece os aplausos desta Coleção, a glória que alcança em seus trabalhos e também o título de sua história: é uma força da natureza.

Wagner de Assis

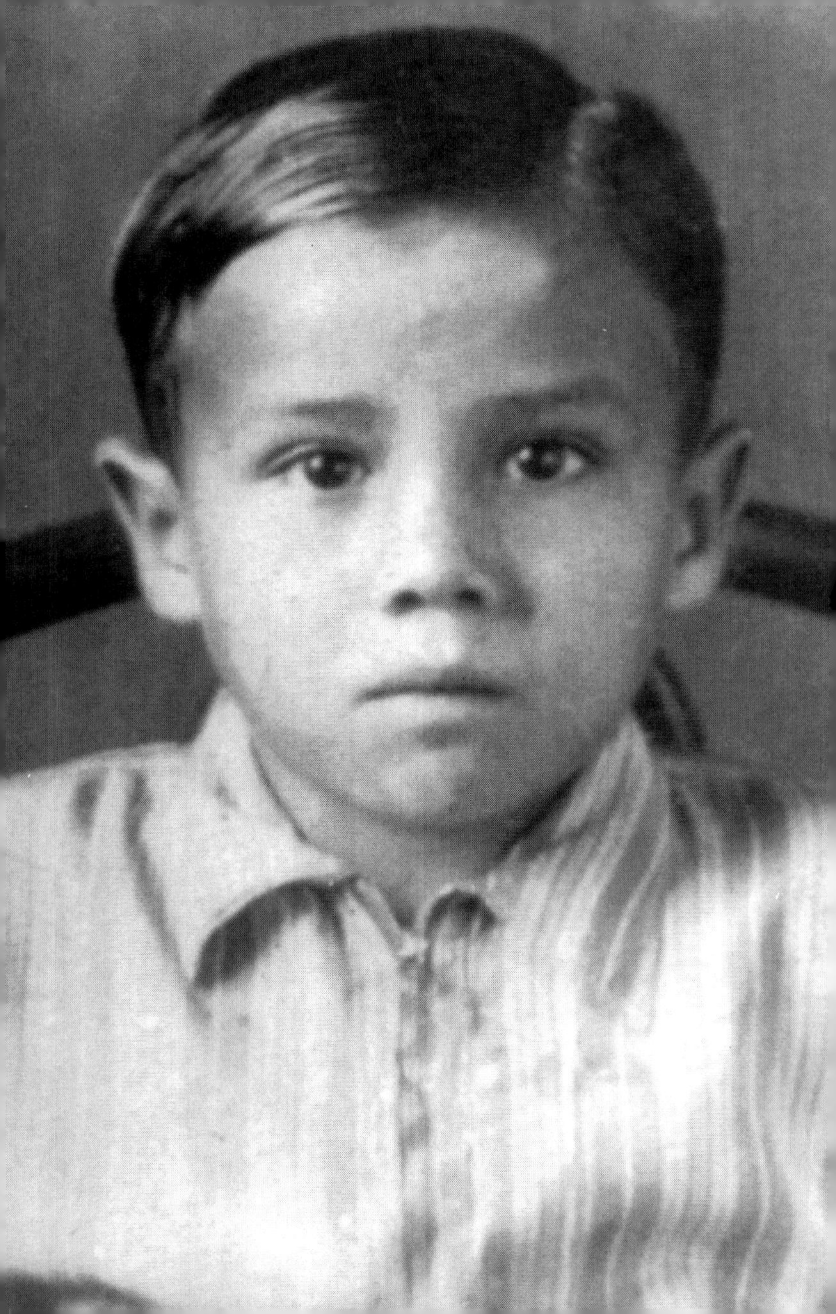

Capítulo I

No Início Era o Verbo

Minha vida é um exemplo de que estudo aliado ao trabalho é a melhor forma de projetar e realizar sonhos e desejos. A história da minha família é bem brasileira. Sair da terra natal, tentar a vida noutro lugar, depois ir reunindo todo mundo novamente, sempre trabalhando, procurando evoluir.

Fui de família pobre, nasci em 1932 na cidade de Mimoso, interior do Espírito Santo. Meu pai, Antonio Pereira Faro, era agente da estação de trem da Leopoldina. Ele tinha que seguir as mudanças propostas pela companhia. Minha primeira infância foi praticamente nômade, vivendo de cidade em cidade, às vezes até mudando de Estado. Devo ter morado numas seis cidades nessa época.

Meu pai era um homem difícil, de temperamento duro. Esse gênio também não ajudava muito na empresa e ele era sempre mandado para os lugares mais difíceis. E, certamente, não ajudava muito na relação em família. Quando a Segunda Guerra terminou, também acabou o casamento de meus pais.

Stênio criança

Eu tinha 12 anos e minha mãe, Stella Garcia Faro, decidiu vir para o Rio de Janeiro comigo, deixando minha irmã, dois anos mais nova, na casa de um tio paterno; e o caçula na casa do avô. Cada qual se ajeitou como pôde e nós viemos.

Quando cheguei, precisei trabalhar por necessidade, para ajudar na manutenção da família. Tinha que ter inclusive um alvará especial do Juizado de Menores para fazer alguma atividade com aquela idade, porque a lei do governo de Getúlio Vargas limitava à idade de 14 anos o direito de um jovem ter carteira de trabalho.

Fomos morar em Caxias, no Estado do Rio, com quem dividimos o aluguel de um apartamento com outra família que também tinha vindo do Espírito Santo. Éramos oito pessoas num apartamento de um cômodo.

Aquele tinha sido mais um estágio de uma vida de mudanças. Eu já tinha dificuldades de estudar regularmente porque nunca parava numa escola em função de tantas mudanças. Por isso, quando cheguei, a primeira coisa que procurei foi trabalho. Depois, a escola. Questão de sobrevivência.

Minha mãe arrumou-me um emprego de auxiliar de escritório. Ou seja, o famoso menino de recados, que varre o escritório, pega cafezinho pro chefe, enfim, quebra galho de todo mundo. Só que era na Rua Senhor dos Passos, centro da cidade do Rio de Janeiro. E meu tempo passou a ser problema. Para entrar no emprego às 7 da manhã, acordava às 4h. Depois, tinha que estar na escola pública às 19h, estudando até as 23h. Chegava em casa depois da meia-noite. Para recomeçar tudo de novo em algumas horas. Lógico que eu dormia onde quer que recostasse a cabeça para recobrar as energias. Trem, ônibus, intervalo das aulas, tudo era ponto de descanso.

Essa fase inicial foi difícil mesmo. Depois, nos mudamos mais algumas vezes: para o subúrbio de Ramos, em seguida para o Rio Comprido e, logo após, Vila Isabel. Meus irmãos vieram, assim como umas tias também. Morávamos juntos numa casa que mais parecia uma república. Todos trabalhando e, portanto, melhorando um pouco a qualidade de vida.

Essa convivência em família possibilitou-me ter mais acesso ao conhecimento. Desde que morei em Cachoeiro do Itapemerim, no Espírito Santo, eu pude começar a frequentar uma biblioteca perto de casa para ler e estudar um pouco. Minha mãe era professora. Tornei-me sócio e podia levar livros para casa. Assim, comecei a ter uma formação autodidata, circunstancial

mesmo. Foi nessa época que comecei a querer me formar em contador.

Eu tinha uma avó que se chamava Anna Pereira Faro, cujo apelido era Nicota. Ela conversava muito sobre o meu futuro. Eu levava a enxada para ela, que capinava no meio da roça. Meu futuro estava ali, numa primeira análise. Ela me contava histórias do mundo além daquela fazenda e isso instigava minha curiosidade de saber o que havia adiante. Admirava muito a capacidade que ela tinha para capinar, mesmo velhinha, sabendo que era uma necessidade vital.

Meu avô já não podia mais trabalhar. Mas ela se esforçava ao extremo para fazer o trabalho. Ele ficava na varanda, de terno, chapéu, sentado na cadeira de onde não podia mais levantar por conta da paralisia. Tinha uns 70 anos. Ela também. Ele tinha o olhar perdido no horizonte. Ela tinha o olhar na plantação, na batata que ia colher, no feijão. De onde vem essa força?

Isso me deixou muitas lembranças importantes. Concluí que poderia levar adiante a minha vida baseada em meu próprio esforço. Eu tinha que ter forças para chegar aos 70 anos capaz de segurar uma enxada e plantar minha própria comida. Já passei momentos de frio, fome até.

Quando comecei a trabalhar, já no Rio de Janeiro, aos 12 anos, pegava trem, ia em cima da máquina para economizar porque não tinha dinheiro pra passagem. Chegava praticamente *um carvão* no local. O dinheiro economizado da passagem me servia para comprar um bolinho de bacalhau. Foram alguns anos comendo bolinho com mate gelado. Ao invés de me desanimar, aquilo me dava forças. Era uma vitória que eu estava conseguindo e que me dava possibilidades de conseguir outras vitórias.

Descobri outras reservas dentro de mim. Eu lançava mão e elas correspondiam. Levo isso para a minha carreira até os dias de hoje. Não posso dizer que tenha feito só coisas boas, porque seria errado. Mas sempre mantive um padrão de trabalho. Fiz projetos bons e ruins. Mas minha forma de trabalhar era a mesma. A mesma intensidade. E isso me deixa feliz porque eu consegui escapar da falta de trabalho, que é uma realidade do artista brasileiro.

Stênio com a Tia Matilde

Capítulo II

Diálogo com o Destino

No início da década de 50, me matriculei numa escola técnica de contabilidade em Vila Isabel. Foi nessa época, com a vida um pouco mais regrada de horários e algum tempo para mim, que comecei a pensar na carreira artística. Não havia ninguém na família de origem artística. Meu avô era fazendeiro, meu pai ferroviário, minha mãe professora. Acontece que eu namorava uma menina que participava do teatro em sua escola. Eu ia buscá-la todos os dias. E ficava assistindo aos ensaios de uma peça que eles estavam montando e se chamava *Rosas Rubras*.

Eu tinha acabado de servir ao exército, uns 18 anos. Minha voz já era forte e tinha uma boa memória. Como assistia aos ensaios sempre, decorava os textos. Quando um deles errava, eu consertava. No dia da estreia da peça, no próprio colégio, faltou um ator e todos os outros foram unânimes em dizer que eu sabia o papel. Era um policial que despejava uma família pobre. Uma tragédia social. Tudo amador, claro. O texto era escrito por uma das meninas do próprio grupo escolar.

Aceitei fazer a tal cena do despejo. Foi uma brincadeira mesmo, sem responsabilidades maiores. Impostei a voz e fiz o maior sucesso. Resultado: me tornei o ator principal do grupo, cujo nome era *Amadores Unidos*, dirigido pelo Dilmo Elias, um advogado apaixonado por teatro com quem tive as primerias orientações. Eu ainda não tinha a intenção de me tornar um ator profissional.

Mas ele me ajudou a ver que eu podia aproveitar minhas potencialidades. Indicou-me leituras para enriquecer meu universo. E foi assim que passei a fazer parte das peças seguintes. Nós nos apresentávamos em outras escolas e clubes da cidade, em bairros como Tijuca, Grajaú, Méier.

Em 1952, um prêmio foi instituído para o teatro amador. Eu acabei ganhando-o como melhor ator pela temporada. É uma estatuazinha que tenho até hoje, e que está na minha cidade, no teatro com o meu nome, onde há também uma exposição permanente com todos os meus troféus, que somam uns cinquenta e poucos nesses mais de cinquenta anos de carreira em teatro, cinema e TV.

Aquele primeiro troféu foi um sinal que eu estava no lugar certo. Claro que me senti o máximo. Eram meus primeiros anos de carreira, ainda amador, e eu já estava premiado! Acontece que aquela coisa de brincar de teatro era mesmo uma curtição. Eu tinha responsabilidade e o desejo de tornar-me um contador. O que aconteceu em 1954. Ou seja, sou contador por formação.

Depois disso, fui trabalhar no Banco Nacional de Minas Gerais. Entrava às 7h e saía às 13h. A partir daí, tinha realmente mais tempo livre. E resolvi insistir no teatro. Resolvemos ampliar nosso circuito de exibição. Fazíamos *shows* em clubes (eu até cantava!), associações e até centros espíritas. Onde tinha um palquinho, uma tábua, lá estávamos nós, apresentando nossas histórias.

O grupo cresceu, ganhou notoriedade, ganhou novos integrantes e chegou a ter quase 100 atores. E, cada vez mais, eu era a estrela. Os *shows* e as peças ficaram mais elaborados. Havia cantores, dançarinos, outros autores. Não era um trabalho profissional, mas estávamos sempre buscando a maior naturalidade possível de interpretação. Nosso temperamento emprestava muito para os personagens. A emoção tinha que ser nossa. E por aí seguíamos.

Foi nessa situação que realmente comecei a ser notado e desenvolver um talento que tinha – mas não sabia realmente a extensão. Tinha um Centro Espírita onde muitos atores profissionais frequentavam e, ao mesmo tempo, viam as peças que por ele passavam. Nós nos apresentamos por lá durante algumas vezes. Depois do espetáculo, alguns atores vinham falar comigo a fim de me incentivar a estudar teatro. Elogiavam minha voz, minha emoção, sensibilidade. Eles viam potencial. E eu realmente comecei a acreditar naquilo que me diziam.

Como tinha parte da tarde livre, resolvi buscar alguma coisa mais séria. Sempre acreditei na formação teórica, embora minha vida tenha me empurrado para a prática. Naquela época, havia quatro boas escolas de teatro na cidade: o Teatro do Estudante, a Escola Martins Pena (da Prefeitura), a Fundação Brasileira de Teatro, da Dulcina de Moraes, e o Conservatório Nacional de Teatro, que ficava pertinho do banco onde eu trabalhava. Eu escolhi este. Além da proximidade com o meu trabalho, havia também o fato que não havia custo – o curso era gratuito – e isso era importante. Meu salário era para ajudar a sustentar a casa.

E tudo ficou sério realmente. Professores como Maria Clara Machado, João Bittencourt, além de disciplinas como psicologia do personagem, faziam parte do currículo. O teste era *de improviso*. A Maria Clara, por exemplo, batia um tambor e o aluno tinha que reagir àquele som. Depois, tinha que recitar. Só lembro que escolhi Cecília

Meirelles. O teste foi o maior climão, era muita gente. Sei que eu e a Miriam Pérsia passamos e, daquela turma, fomos os que ficamos para construir uma carreira.

Acontece que, novamente, uma medalha de ouro chamada Prêmio Monteiro de Oliveira havia sido instituída. O prêmio era dado pelas professoras da Escola Martins Pena, mas incluía todas as escolas de teatro da cidade. Cada qual concorria com um espetáculo anualmente.

Eu pertencia ao primeiro ano. Nossa peça era uma adaptação de *Édipo Rei*, escrita pelo Jean Cocteau. Todas as escolas concorriam com duas ou três peças. Enfim, era uma disputa bem acirrada. E, mais uma vez, eu acabei ganhando a medalha de melhor ator com a peça, em meu primeiro ano na escola.

Aí virei meio vedete mesmo, confesso. O prêmio tinha aval da crítica de teatro da cidade – que compunha o corpo de júri. Quando ganhei, chamei a atenção de várias pessoas do meio teatral. Recebi convites para atuar profissionalmente. Mas não aceitei porque não me sentia preparado. Preferi estudar, continuar me formando até sentir a capacidade de fazer bem o que eu estava me propondo.

Os professores do Conservatório me apoiavam muito. O Gustavo Doria, que me dava aula de interpretação, me dizia: *Você não pode parar de estudar nunca. Esse é o alimento do trabalho artístico*. Outro que me incentivava era o Bandeira Duarte, que também era um dos diretores da escola e atuava na Sociedade Brasileira de Autores Teatrais (Sbat).

Eu levava tudo muito a sério. Esforçava-me em todos os aspectos. Além das matérias tradicionais, ainda fazia esgrima e outras coisas mais, entre elas uma ginástica que consegui de um francês – Jean Doit –, que tinha criado uma forma de exercício específico para o ator, mais especificamente para o ator Luis Jouveit. É uma ginástica de desconexão muscular. Visa deixar o ator preparado para qualquer tipo de personagem.

Passei três anos no Conservatório e eles foram muito intensos. Era uma disciplina quase militar mesmo. Nessa época, eu tomava minhas atitudes sempre preocupado em saber se elas estavam corretas, condizentes com o meu destino. Então, ficava esperando uma resposta do universo. Um sinal. Não algo religioso; mas apenas um pequeno toque, algo que brilhe e chame minha atenção de forma diferente. Esse diálogo com o destino eu sempre tive. Em momentos nos quais eu me perguntei se estava seguindo o caminho certo, *algo* me respondia.

Com todo esse estudo e dedicação, não foi à toa que ganhei tantos prêmios como aluno de teatro. Entre uma peça e outra, eu pegava as crônicas do Nelson Rodrigues de *A Vida como Ela É* e reunia minha turma para ficar refazendo as cenas, improvisando, ou mesmo fazendo leituras. Eu saía do banco e ia para o conservatório mesmo em dias que não havia aulas. Fazia exercícios de voz – tenho até hoje uns 50 exercícios de voz que me lembro. Um para cada letra.

Um exemplo: *Pedro Paulo pacífico pacato pachorrento preto da propriedade do meu pranteado pai depois de provar uma pica promoveu a pagodeira com o populacho do porto*; ou então: o *mameluco melancólico meditava e a megera megalocéfala macabra*; Ainda: *bela baiana boneca de bronze bailava brejeira e borresca.* E por aí vai. Esse trabalho de voz foi orientado inicialmente por uma professora do conservatório muito estimada, a Lilian Nunes.

Nessa época, eu estava cismado que seria o melhor ator que pudesse ser. Não havia limites. Levava os livros de teatro para o banco. Confesso que ficava completamente desatento. Trabalhava na seção de contas correntes, fazia lançamentos de cheques, dava baixas. Não tinha computador, claro, e eu fazia cada besteira...era uma página de Shakespeare e um cheque! Não tinha como dar certo...

Assim, comecei minha primeira formação artística. Continuei frequentando a Biblioteca Nacional porque não tinha grana para comprar livros. Eu queria ler Brecht, conhecer Grotovski, Molière. Então, pegava os livros, copiava os trechos em casa e os devolvia.

Esse foi o resultado final de um processo que começou quando eu assisti àqueles ensaios amadores. Quando eu entrei no banco, no fundo, já sabia que não queria realmente ser contador. Meu coração já me empurrava para o teatro. Por isso, procurei uma formação teórica, acreditando no estudo como a melhor maneira de crescer.

Na formatura da Escola de Teatro

Capítulo III

A Estrela Sobe

Mas foi na segunda vez que ganhei o Prêmio Monteiro de Oliveira, em 1957, com a peça *Joana e os Juizes*, que falava do julgamento de Joana d'Arc – eu fazia um dos juízes, que chamei realmente a atenção de ninguém menos do que a atriz Cacilda Becker.

Ela tinha acabado de sair do Teatro Brasileiro de Comédia e estava fazendo as peças *Longa Jornada de um Longo Dia pra Dentro da Noite* e *O Santo e a Porca*; e ainda estava juntando um grupo de atores consagrados – como Walmor Chagas, Ziembinski, Fredi Kleeman, Cleyde Yáconis – para montar uma companhia. E quis me conhecer. Quando nos encontramos, eu apresentei o monólogo do *Édipo Rei*. Estavam presentes o Walmor e a Cleyde também.

Ela me ofereceu um estágio para eu assistir aos ensaios na companhia dela enquanto estivesse no Rio. Eu era assistente do Ziembinski. Servia como apoio nos ensaios, para ajudar a *tomar* texto dos atores, ou seja, um quebra-galho em geral. Por um ano, pude fazer esse estágio.

Nessa época, minha família já me apoiava, minhas tias me davam montes de livros de presente, e, embora não houvesse o *glamour* que há atualmente nessa carreira, todos entendiam que eu estava no local certo, seguindo o rumo certo. Eram tempos incertos para esse tipo de carreira. Não havia mercado de trabalho realmente porque as companhias de teatro só contratavam atores com alguma experiência, ou oriundos das escolas. De certa forma, os grupos eram fechados. Quando chegavam a um numero certo de atores, não ficavam contratando novatos.

Mas consegui esse espaço junto com a Cacilda. Quando a companhia foi para São Paulo, em 59, fui finalmente chamado para integrar como ator profissional. A peça era *Os Perigos da Pureza*. Eu fazia o filho da Cacilda. Meu personagem era casado com o personagem da Célia Helena. Foi também quando comecei a namorar a Cleyde Yáconis, irmã da Cacilda, com quem me casei mais tarde.

De fato, só larguei realmente o emprego no banco quando fui contratado pela companhia da Cacilda. Durante o ano anterior, de estágio, ela me dava ajuda de custo. Eu ainda trabalhava. Estudava os textos em casa, decorava com a ajuda da família. Não saía no fim de semana para poder estudar o personagem. Era um obstinado pelo que estava fazendo.

Minha formação intelectual aumentou muito, certamente, quando comecei o contato com os atores profissionais. Cacilda Becker era a grande estrela do teatro brasileiro. Vê-la no teatro era um momento, um sonho. Eu namorava a Cleyde, que era irmã da dona da companhia, e isso exigia de mim cada vez mais estudo para acompanhar a evolução deles.

Cleyde é uma atriz talentosíssima, uma mulher generosa que me deu todo o encaminhamento da profissão, os primeiros toques. De certa forma, ela também era estrela da companhia. Quando as duas fizeram *Mary Stuart*, do Schiller, com a Cacilda no papel da Mary Stuart e a Cleyde como a Rainha Elizabeth, foi um momento único do teatro brasileiro. Ambas faziam muito sucesso. Elas se respeitavam, se amavam.

Além disso, como estudante, eu ganhava ingressos também. Podia começar a frequentar o teatro e ver mais peças – algo improvável para quem guardava o salário do banco anteriormente. Os grupos italianos que frequentavam o Municipal eram muito importantes. Não perdia uma estreia. Quando vi Brecht, houve uma grande revolução na minha mente. Ao mesmo tempo, conheci Dostoievski, Eça de Queiroz e tantos outros da literatura universal.

Durante o estágio, eu passei, depois de alguns meses, a ser diretor de cena. Confesso que era um tanto protegido da Cacilda. Mas trabalhava dobrado também. Tinha que acompanhar o espetáculo todas as noites. Prestava atenção a todos os detalhes, via como eles se postavam. Na verdade, se o grupo amador foi uma escola, o estágio na companhia da Cacilda foi a pós-graduação. Repito: sempre acreditei na formação do ator por meio do estudo. Era uma consciência que tinha. E por ela eu vivia.

Capítulo IV

Profissional Enfim

Não tenho medo do ridículo. Não fico tomando milhões de cuidados para não parecer ridículo. Sou humano e tenho esse direito. Além disso, já vivi tantos processos incríveis de transformação que não me preocupo com o que vem pela frente. Só me preocupo se vou entender, absorver, crescer com o que estarei fazendo. Isso pode ser visto desde a minha estreia profissional em teatro, quase cinquenta anos atrás.

Para esta primeira peça, o Walmor Chagas achava que eu jamais faria o personagem de um fidalgo porque eu estava muito bruto, muito *terra* ainda. A peça era uma comédia inglesa em que a mãe ensinava para o filho o significado da vida de um casal, as relações conjugais. Era um cara que casava virgem e não sabia o que era sexo. Mas falava tudo em metáforas infantis, usando imagens como a *abelha cruza com a outra para fecundar* e daí por diante.

Eu tinha vida sexual desde os 12 anos de idade. Por que não poderia viver essa ingenuidade do personagem? Já conhecia o outro lado. Era possível. E fiz. Não me assustou a opinião de acharem que eu estava mal escalado. Eu era um profissional, estava ganhando dinheiro para estar lá, com o texto decorado, com as marcas, o comprometimento de dar o melhor de mim. Pronto.

Acontece que a peça não foi bem. E eu fiquei um pouco assustado. Criticaram dizendo que era um trabalho menor, não tinha nenhuma causa social. Era uma época de teatro engajado e exigia-se muito de um espetáculo. Bobagem porque a peça tinha humor e era uma história que entretinha. Mas eu também tinha um trabalho muito útil na companhia porque, além de atuar, também cuidava dos cenários e um pouco da administração das viagens, que incluía, entre outras coisas, o transporte cenográfico. A Cleyde cuidava dos figurinos.

Nós iríamos viajar por todo o Brasil e, mais tarde, até Portugal. Acabamos apresentando o espetáculo no Uruguai e o sindicato local criou problemas porque queria que empregássemos operários locais para trabalhar na desmontagem e transporte dos cenários da peça à mesma proporção dos empregados brasileiros. Eu tive que negociar com eles, além de atuar, cuidar do cenário; enfim, se eu não fosse também um cara pragmático, acostumado, por outro lado, a ser um *contador*, não teria conseguido.

Sei que havia uma boa dose de ousadia em tudo o que eu fazia. Não via muitos limites mesmo. Eu simplesmente resolvia os pepinos que apareciam. O caminhão tinha arrebentado os fios elétricos da cidade por onde passou? Eu providenciava o conserto. No final das contas, essa atividade também foi me dando segurança para viver, para atuar, porque eu me virava bem em qualquer circunstância (mesmo num país estrangeiro para onde eu nunca tinha ido antes).

No dia da estreia da minha primeira peça, no Teatro Leopoldo Fróes, que era ali na General Jardim, mas infelizmente não existe mais, eu fiquei muito nervoso. Porém, era uma sensação gostosa, por incrível que possa parecer dizer isso. Uma expectativa do que iria acontecer quando o pano se abrisse e eu ficasse à mercê dos acontecimentos. Eu adorava analisar esse sentimento de nervosismo. Todos os detalhes dele. Passo a passo. Isso me trazia respostas incríveis. Os medos eram aniquilados porque eu estava consciente dos porquês.

Fiz teatro durante dez anos seguidos antes de ir para a televisão. E simplesmente não podia apenas dedicar-me a repetir o papel durante todas as noites. Tinha que investigar todos os aspectos de ir para o palco. Tudo o que acontecia em cena eu ficava repensando em casa, nos hotéis. Questionava-me por que eu havia feito determinado movimento, por que eu deixava de fazer outros. Uma investigação quase científica.

Em Portugal, por exemplo, eu me sentia tão pronto que pude substituir o próprio Walmor e outros atores em seus papéis. Em *O Santo e a Porca*, fiz um personagem dele porque ele estava no Brasil e não poderia chegar a tempo. Substituí também o Fred Kleeman em *Mary Stuart*. Era a primeira excursão da companhia e eu estava muito empolgado. De fato, nós tínhamos começado em São Paulo, depois fomos para o Sul do Brasil, depois Uruguai; aí subimos para o Nordeste, Salvador, Recife e finalmente o Velho Mundo.

Ficamos quase um ano em Portugal e eu ia fazendo um monte de personagens diferentes porque estava apto a todos os que precisavam. Fizemos *A Dama das Camélias* também. O grupo tinha crescido. Tinha Pedro Paulo Rangel, Rubens Teixeira, e eu já era considerado um ator membro do corpo da companhia. Não mais o menino que ajudava em tudo.

A excursão do grupo da Cacilda terminou sua temporada em Portugal. Eu fui convidado pelo diretor Flavio Rangel a fazer uma participação em *Gimba*, peça do Gianfrancesco Guarnieri, que seria encenada no Festival das Nações em Paris.

Ver a neve cair pela primeira vez é sempre uma sensação indescritível. Delicioso. Quando retornei ao Brasil desse giro na Europa, onde pudemos também assistir a vários espetáculos maravilhosos, a companhia da Cacilda estava com problemas. Não sei os motivos, mas ela resolveu acabar com o grupo.

Ao começar a fazer essa série de personagens, eu fui me libertando no palco, da mesma forma como eu fui me solidificando quando fiz uma peça depois da outra na época do conservatório de teatro. Todo processo de aprendizado demanda prática mesmo. Não dá pra ficar só na teoria. A melhor escola de teatro é aquela que monta cinco, seis peças por ano. E não fica esperando o fim do ano para montar apenas uma.

Eu tinha muito acesso à minha memória emotiva e ela foi crescendo com o desenrolar dos trabalhos. Os prêmios, as palmas, isso tudo vinha em consequência do meu esforço. Parece frase feita, mas é a pura verdade. Você pratica, estuda, trabalha e o reconhecimento aparece. Pode demorar, mas chega.

Se eu deixasse de estudar, eu não teria alcançado nada; não teria ganhado prêmio algum porque o trabalho não teria sido feito daquela maneira. Tanto é que, quando eu dei cursos intensivos, anos depois, ou mesmo preparei atores para o Antunes Filho, como Juca de Oliveira, Raul Cortez, com exercícios, ginástica, laboratório de emoção, você não pode negociar, fingir que sabe e não fazer. Tem que ter estudado porque é uma responsabilidade muito grande trabalhar com gente que entende do ofício.

Eu fazia preparação de até 20 atores. Tinha reservas dentro de mim para ter atenção a todos. Respondia e pensava em tudo, completamente hiperativo. Sabia como me colocar em qualquer questão. Você não pode fazer um comentário sobre um exercício de um ator como o Raul Cortez, que é maravilhoso, e não ter base para isso.

Essa fase demonstra também como o Antunes Filho foi importante na minha formação. Ele confiava em mim, gostava do meu método de trabalho, de estudo, da maneira como eu me preparava e como preparava os outros atores.

Em *Vereda da Salvação*, peça do Jorge Andrade, montada no Teatro Brasileiro de Comédia, em 1964, foram mais de 20 atores em cena. Nós ficamos 8 meses trabalhando, 12 horas por dia, para buscar o *antigesto*, que era o gesto primitivo de cada personagem. Escolhemos um dado étnico do antropólogo Antonio Candido, de uma determinada região do País, sobre umas pessoas que andavam meio inclinadas para a frente. Era uma vila no alto de um morro e as pessoas passaram suas vidas mudando o eixo de equilíbrio porque tinham sempre que subir o morro. Quando andavam na horizontal, não tinham mais a postura de antes. Isso, por exemplo, nos ajudou a compor os personagens da peça. Procuramos uma estética para andar. E isso era apenas um detalhe.

Tinha ainda outros aspectos: baixa autoestima porque era um vilarejo escondido, abandonado; eles cortavam as unhas com facão, tinham um lado grotesco primitivo e era exatamente o que o Antunes queria para a peça. Então, buscamos cada detalhe daquele povo e reconstruímos, com o valor artístico, no palco. Foram inúmeros exercícios com o Raul Cortez, com a Cleyde Yáconis. Eu também participava porque também tinha um personagem na peça, Geraldo, um fanático religioso.

Sinto falta do palco. Neste momento, são quase oito anos longe dele. Estou sempre indo aos espetáculos que estão em cartaz porque gosto de ver o trabalho dos colegas também. Gosto de ser surpreendido, de ver histórias que já foram contadas muitas vezes, mas que são recontadas de formas diferentes. Não gosto do teatro burocrático, que você sabe o que vai acontecer, como a história da peça vai se desenrolar e até o que o personagem pode falar. Teatro é território de novidades extremas, de tentar tudo, de buscar o novo, criar, criar, criar. A repetição acontece sim, e isso é acomodação. Mas não é para mim.

Capítulo V

Diálogo com o Universo

Eu tenho uma espécie de dialogo com o universo, que sempre me dá algumas respostas que preciso obter. Por exemplo: fiz uma viagem ao Japão e disse que desejava obter um sinal de que aquela viagem seria importante para mim. No primeiro dia, fui num ritual de chá preparado para turista. Nós chegamos ao local e os ônibus tinham europeus, americanos, nós, brasileiros, enfim, uma diversidade. Eu não quis correr direto para o local para pegar um bom lugar porque fiquei fotografando o local, que era belíssimo.

Fui um dos últimos a entrar na casa. Peguei um lugarzinho de lado, tinha que esticar o pescoço para ver, mas tudo bem. O ritual leva uns 20 minutos. O homem vestido com aquele quimono, parecia um samurai, fez as misturas que tinha que fazer, colocou na primeira xícara e de repente resolveu servir a plateia. Atravessou todos os turistas, um monte deles, ávidos pela xícara, e veio até onde eu estava, escondido mesmo, para me entregar o chá.

Minha mulher não conteve a curiosidade e perguntou: *mas por que ele?* Aí o homem disse: *Porque ele está sentado no lugar de honra da casa.*

Era o sinal! Eu tenho esse jogo com o universo sim. É um trabalho de mentalização.

Construo meus personagens por meio de mentalizações. Tenho um desejo que o personagem precisa ter. Por exemplo: eu queria que o Corcoran, da novela *Que Rei Sou Eu?*, tivesse uma comunicação com as crianças. Ele era o bobo da corte. Na época, eu fazia aulas de acrobacia de solo e aproveitaria isso no personagem.

Comecei a construir uma espécie de mantra para ele. Fiquei pensando nele o dia inteiro, a noite inteira, repetindo inúmeras vezes. Até que as respostas começaram a chegar quando o personagem foi para o ar. E não teve outra: foi um sucesso, principalmente com o público infantil.

Toda novela tem personagens que se comunicam melhor com determinadas faixas etárias. Eu também estudo isso na composição. Olho a sinopse de uma novela e percebo quais as formas de comunicação que serão usadas. E coloco-me dentro de uma delas, que tenha a ver com meu personagem.

De certa forma, eu dialogo com o universo da arte também. Crio formas de interpretar a partir de análises e intuições. E vejo como os personagens me respondem, como os autores compartilham o que estou fazendo. E, claro, como o público reage. Isso tudo é conquistado com mentalizações, repetições, sensibilidade à flor da pele, em busca de um resultado.

A arte é uma consequência da minha qualidade de atuar. E ela vai ser melhor ou pior com aquilo que eu desejo. Este diálogo é como uma força de energia que existe no universo e sempre responde quando solicitamos de forma correta. A arte é o meio de comunicação.

Estudo muito a natureza, as leis do sucesso que envolvem a vida de uma pessoa, as palavras na Bíblia, o Tao, que não acredita na dualidade das coisas, mas apenas na unidade; o taoísmo tem um conceito holístico para ver a vida. Acredito nisso realmente.

Quando estou viajando, aproveito para observar as cidades de outra forma, sem ser um turista ordinário. Nova York é um teatro ao ar livre, por exemplo. Quando eu vou lá, vejo 10 a 12 espetáculos, um depois do outro. Há tantos tipos humanos, tantas variações, que eu gosto de ficar parado olhando a cidade se movimentar. Gosto de andar a pé pelos lugares que visito. Se puder evitar metrô, mesmo táxi, vou andando para sentir com calma o ambiente. Isso é enriquecedor.

A mesma coisa acontece em Paris. Conheci a cidade pela primeira vez com a Cleyde Yáconis. Andávamos a pé o dia inteiro. De uma ponta a outra. E descobríamos cada coisa genial – o túmulo da Dama das Camélias, por exemplo, num cemitério velhinho, escondido. Uma personagem e tanto.

Essa coisa de conhecer com os próprios pés não é um desejo relacionado somente ao exterior. Aqui no Brasil, eu ando por tudo quanto é lugar. Conheço o Pantanal de Mato Grosso em todas as suas extensões; até o famoso Trem da Morte eu já peguei; já visitei a casa do Marechal Rondon em Mimoso – acho que me deu vontade porque nossas cidades natais têm o mesmo nome. Vai ver temos mais coisas em comum além da mesma cidade: o interesse por tudo que nos cerca, por essa maravilha que é o mundo.

Ainda, todas as viagens que a pessoa faz podem servir para estudo, desenvolvimento de emoção, pesquisa de seres humanos, de locais, enfim, o ator tem que ser uma esponja no mundo, uma antena, um fio condutor pronto a receber e passar energia. Já dei a volta ao mundo e, em cada país que visitei, vi pelo menos um ou dois espetáculos de teatro. Um com folclore, outro completamente vanguardista.

Então, se a profissão possibilita viajar, o ator precisa visitar diversidades. E, mesmo quando eu não tinha dinheiro para viajar, eu pegava o trem da Central do Brasil e ia até o fim da linha. Ficava observando as pessoas, adorava perambular pela cidade. O ser humano é uma grande fonte de observação e estudo. Além disso, esse tipo de relação aumenta nossa sensibilidade com as pessoas em geral, nos deixa mais pertos do mundo.

Quando era jovem, obstinado pelos meus desejos, autodidata, já exercitava esse dialogo com o universo da arte inconscientemente. Eu estava pré-disposto. Mas o conhecimento só veio depois. Com viagens, leituras clássicas, abertura da mente à questão do homem no mundo, aos arquétipos, enfim, expandi minha consciência com estudo.

Um processo que foi acompanhado de relações maravilhosas de trabalho e pessoais, como foi o caso da Cleyde Yáconis. Mas tive também um mentor intelectual que foi Antunes Filho, diretor que me deu a chance de continuar me formando mas também de preparar atores para ele. Eu fazia laboratórios para ele, dando exercícios específicos para o elenco. Fiz isso nas peças *Vereda da Salvação*, *Peer Gynt*, trabalhos inclusive nos quais também atuei e que me deram vários prêmios em SP.

Quando substituí aquele rapaz na minha primeira peça, ainda amadora, eu era sem a menor responsabilidade, não tinha noção. Só que tinha uma absoluta disposição para fazer a coisa corretamente. E sempre tomei meus compromissos de forma séria. Então, inicialmente, o palco era um território de brincar mesmo, sem-vergonha. Mas a disciplina de estar lá era muito séria. Uma vez que tinha feito o acordo com o pessoal, não iria faltar e iria fazer o melhor todas as vezes.

Isso me acompanhou sempre, guardando as devidas proporções do aprendizado e da experiência profissional que eu fui adquirindo. Quando estreei em *Perigos da Pureza*, em fins de 58 para 59, eu continuava um *sem-vergonha*, mas completamente compromissado com a arte de atuar e já com muito mais informação sobre o ofício.

Tanto que, quando entrei naquele palco pela primeira vez, eu tentei imitar o cara, mas, principalmente, fazer as coisas que eu via durante o espetáculo. Não pensava em nada. Estava tão voltado para lembrar o texto, em fazer a marca correta, que foi onde me empolguei com esse foco e as pessoas diziam: *Maravilhoso!* Mas não era...

Quando começou a haver cobranças na *performance*, comecei a estudar mais para superar essas cobranças. Isso me dava segurança. Até hoje, se eu precisar ler vinte vezes um texto para me sentir seguro, eu o leio vinte vezes. O mantra é também uma forma de obter segurança, sensação de capacidade de realizar. Ajuda muito.

Apesar disso, não tenho problemas com o erro. Até gosto, de certa forma, porque me corrijo em cena, resolvo problemas que dificultam o domínio do personagem pelos pequenos erros que ele me apresenta. Claro que não gosto de repetir erros. O fato é que o ator anda num mar de incertezas. Ele procura pontos de solidez nesse ambiente. Procura no texto a confiança e o esclarecimento de todas as dúvidas. E precisa também colocar o corpo dele a serviço dessa segurança. Precisa estar preparado.

Na escola de circo

Capítulo VI

Força Motriz

Tenho um monte de exercícios corporais e os faço incessantemente. Desde a escola de teatro, onde aprendi a ginástica do Luis Jouveit, que tinha um processo de desconstrução do corpo para cada trabalho, até os dias de hoje, quando vou trabalhar horas e horas seguidas numa novela. Assim, o aspecto giratório do corpo, desde a cintura, tornozelo, ombros, tudo precisa ser trabalhado individualmente. Move-se, posiciona-se, entendem-se todas as possibilidades de cada parte do corpo. Isso me dá uma *desconexão* que só contribui quando tenho que *construir* um personagem porque tenho todas as partes trabalhando a serviço de uma ideia maior.

Além disso, conheço detalhadamente todos os músculos do meu corpo. Todos! Quando uma pessoa anda normalmente, ela não pensa no movimento que está fazendo. Mas no palco é diferente. Eu gosto de andar e criar a dúvida no movimento, trabalhando o que eu chamo de *contradição*. É uma forma de trabalhar contra a vontade da cena, do espectador. Se estou caminhando para um lado, faço um movimento que surpreende o espectador e mantém a cena atraente. Isso me ajuda a entender e viver com exatidão tudo o que o personagem está passando.

O fato é que ator que não conhece o próprio corpo é horrível. Ator que não mexe o pescoço porque está enquadrado num *close* é horrível também. Meu corpo está totalmente disponível para criar outro ser que eu nunca sei direito quem é, até subir no palco e viver sua historia. Ou entrar no estúdio ou num *set*.

Todo artista precisa pesquisar sobre a arte, sobre a função dele no mundo da arte. Para isso, tem que mergulhar nessa aventura humana sobre a Terra, que já dura milhões e milhões de anos e não há respostas totais. A expressão da arte é do momento – que pode estar bem sintonizado com o todo. Eu acredito em Deus. Ou melhor, eu convivo com a ideia de Deus, de uma inteligência racional e, ao mesmo tempo, sentimental que rege tudo. O artista colhe impressões desse universo. Não compara, não transforma. Apenas decodifica.

Minha força motriz é a arte. Gosto de trabalhar com o corpo. Com as mãos, por exemplo. Adoro o manuseio de madeira. Construir. Já fiz, de certa forma, uma casa com as minhas próprias mãos. Quero me arriscar no que o ser humano pode fazer.

O que a gente aprende ganha para sempre. Não esquece. Esse processo evolutivo é sensacional. Imutável. Essa força criativa que eu tenho é isso mesmo. Minha vida nunca foi mar de rosas. Desafios sempre foram importantes e vitais. Fui crescendo e empurrando esses desafios. Aumentando limites. E tinha que me alimentar todos os dias. Precisava trabalhar para resolver esse problema. Daí em diante, tudo na minha vida tornou-se uma espécie de barreiras a serem vencidas. Personagens também são assim.

Minha força artística mistura-se com a minha força vital. Cada ser humano segue sua própria história. Se eu não tivesse vencido o desafio de ter que comer diariamente, ainda estaria lutando com ele e não teria tempo de investigar a vida, o ser humano, como faço. Mas, certamente, o teria feito de outra maneira, empiricamente, de repente. Só não deixaria de fazer.

Capítulo VII

Sincronicidade

Quando digo que tenho um diálogo com o universo, com a arte, esperando respostas às minhas perguntas, estou falando realmente em sincronicidade. Falo muito dela. Na importância que tem para a arte e para a vida do ator. Não é à toa que me acontecem sempre essas coisas incríveis, como de repente ganhar um livro que me ajude no personagem sem que aquela pessoa que me deu o livro soubesse do que estava fazendo. A sincronicidade esconde algumas razões das coisas que acontecem na nossa vida. Mas que, ao mesmo tempo, nos informa que há motivos além dos racionais e superficiais para tudo.

Sincronicidade é algo que aparece por intermédio dos sinais que eu estou sempre observando durante a construção de um personagem. Quando pego um texto, não sei o que vai sair dali. Às vezes, ele é limitado em descrições. Noutras, o personagem diz um *não* apenas. Mas, se eu estudar a forma como ele diz isso, se entender na história por que ele disse não, já começo a desfiar uma linha de construção. E a ficar exposto aos sinais do trabalho. Fazer perguntas ao universo que são respondidas aos poucos.

Essa forma de encarar o trabalho é uma garantia que me leva para casa a qualquer momento e me faz deitar a cabeça no travesseiro tranquilo. Estou no caminho certo. E os resultados sempre me provam isso.

O autor é um meio pelo qual a história começa a nascer. O diretor interpreta aquilo que está escrito e mobiliza os meios para captar aquelas informações e o ator é o resultado daquela força criativa. Por isso, o trabalho artístico é algo que depende de sintonia e sincronicidade. Eu busco isso incessantemente. Nada é feito separado. Interpreto inicialmente para o diretor. São os olhos dele que me dizem se estou no caminho certo. Por isso, estou sempre preparado. Seja um diretor novo ou velho, é importante respeitar a visão dele para a história. Isso acrescenta – e muito! – ao trabalho do ator. Depois, o público vai mostrar se estávamos certos.

Fiz uma novela chamada *De Corpo e Alma*, da Glória Perez, com direção do Roberto Talma. Fazia o personagem Domingos, pai das personagens interpretadas pelas atrizes Daniela Perez e Cristiana Oliveira, cujo personagem precisava de um transplante de coração. Num dos momentos da trama, ela estava à beira da morte. Um desses momentos dramáticos tão bem criados pela autora. O Domingos chega à porta do quarto onde a filha está agonizando. O diretor ensaiou rapidamente dando indicações. E disse: o resto do tempo era comigo.

Estava concentrado, como sempre. Preparado emocionalmente e com o texto decorado. O diretor deu ordem de gravar. A cena começou. Entrei e... pronto, perdi o controle. O personagem trazia tanta emoção por conta daquele momento que eu deixei que ele tomasse as rédeas do meu corpo. Ficou desesperado, gritou, chorou, implorou para que alguém lhe arrumasse um coração que salvasse a vida de sua filha. Foram quase dez minutos. O Talma deixou a cena correr. Perdi a noção do tempo, de mim mesmo.

Até que o diretor gritou corta. Um silêncio fez-se ao meu redor. Olhei para a Cristiana Oliveira, deitada na cama, e ela estava aos prantos. O câmera estava emocionado, assim como o resto do pessoal do estúdio. Olhei em volta e comecei a rir. Contar piadas. Ela me abraçou e perguntou: *O que é isso?* Não conseguia entender como eu poderia estar inteiro. Minha resposta foi a mesma de sempre: técnica. Que inclui emoção. Estar com voz e corpo prontos. Deixar o personagem falar.

A cena foi tão forte que, no dia seguinte à sua exibição, por conta da audiência e da força que teve, as doações de órgãos aumentaram em muitas vezes nos institutos especializados.

Quando compus o personagem Mestre Antonio, da novela *Final Feliz*, o diretor Paulo Ubiratan me disse que ele seria a *poesia da natureza brasileira*. O que fiz? Entrei em contato direto com a natureza. Fui morar na casa de um pescador do Ceará e *ler* essa poesia ao vivo. Era um homem de 76 anos chamado Mestre Agripino.

Eu dormia em rede, acordava às 5h e saía com ele em sua jangada. Levava comigo apenas um pequeno gravador de mão e fazia algumas perguntas esporádicas.

– *O que é o sol, Mestre Agripino?* eu perguntava.

– *O sol é essa coisa dourada que bate na minha pele e me dá carinho...* ele respondia docemente, no balanço da jangada.

– *O que é o mar?*

– *O mar, seu artista, o mar é a mulher...*

– *Mas não é o mar, no masculino? Nunca falei a mar!*

– O senhor não fala a mar, mas o mar não briga comigo se eu chamar de mulher. Porque ele é generoso, me dá tudo o que preciso na vida. Isso é a mulher...

E por aí foi. Fiz umas duas mil perguntas para ele. Essa poesia dele construiu parte do universo do personagem que fiz. Daria até para escrever um livro com suas respostas. Era um homem em perfeita harmonia com seu *habitat*, demarcado por uma área de uns 100 km^2 por onde ele sempre navegava e o horizonte infinito do mar.

Era também um homem extremamente resistente. Me contou que estava com mais 3 homens no mar e a jangada virou, depois de uns cinco dias navegando, por causa de uma tempestade. Perderam tudo e pensaram que o irmão dele havia morrido. Passaram 9 horas para desvirar a jangada e voltar para casa. Amarraram o corpo do irmão na jangada e voltaram, já pensando no enterro. Foi quando o homem ressuscitou porque tinha tido um ataque epilético e não havia morrido.

– *Como o senhor sabia o caminho de volta para casa?*, perguntei.

– Seu *artista, eu olho os planetas!*, ele respondeu.

– Mas se o senhor não tem luneta, se está nublado e chovendo, como o senhor faz?

Ele riu e simplesmente disse:

– *Aí eu embico para a terra e vou embora!*

Intuição pura. Sincronicidade. Ele nunca errou o caminho de casa. Quando vi toda a poesia que tinha na vida daquele homem simples, eu sabia que tinha achado os sinais certos. A busca e a construção do personagem são uma história paralela que só o ator vai viver por completo. Posso contar aqui, mas a emoção de ver um novo homem sendo construído a partir de experiências como essa que acabei de descrever é uma só. E me engrandece como ser humano também. Funciona como um reservatório de emoções.

Eu sabia exatamente como responder às pessoas os sentimentos do meu personagem porque eu tinha construído ele em cima de tudo o que vivi naquele laboratório. Há casos em que não há esse laboratório e somente a introspecção e os exercícios corporais já dão as respostas.

No caso do filme *Casa de Areia*, do Andrucha Waddington, por exemplo, eu estudei muito a participação brasileira na Segunda Guerra Mundial. Faço um tenente que é um dos pioneiros da aviação no Brasil, por volta do ano de 1935. Além de ter ido ao local das filmagens antes de começarmos a filmar, durante a fase de pesquisa, eu obtive muita informação histórica que me ajudou. Quando estou fazendo um texto histórico, por exemplo, o texto vira o nosso guia principal. Por isso, os grandes autores nos trazem todo o desenho do personagem de forma precisa. Quando fiz *Ricardo III*, de Shakespeare, por exemplo, comecei estudando *Eduardo IV* – que, na verdade, é onde se inicia a história do Ricardo.

Capítulo VIII

Diálogo com os Personagens

O fato é que uso todos os mecanismos que posso para trabalhar meus personagens. Eu gosto de composição. Deixo barba, raspo a cabeça, deixo bigode, e uso muito do comportamental, sempre coloco uma voz diferente da minha, sempre um sotaque, um movimento de corpo, isso tudo ajuda – e muito. A composição de um personagem, mesmo para a TV, é matemática. É como o Da Vinci pintando. Tem métrica para tudo.

Já compus para cego, boiadeiro, bobo da corte, pai sofrido que procura a filha, amigo fiel, empregado amigo do patrão, índio, uma infinidade de outros universos, de gente que precisa de características próprias. Por isso o meu método de trabalho sempre me ajuda e muito. Voz, corpo e emoção. Colocando esses três aspectos bem delineados, aprofundados, em cada personagem, posso ter um trabalho diferente a cada vez, que me complete e também seja uma boa comunicação com o público.

O Mestre Antonio era um cara apaixonado pelo patrão, personagem do José Wilker, que se chamava Rodrigo. Só que ele era um pescador

No set de Casa de Areia

cearense, jangadeiro, com um jeito muito específico de falar. Assim, eu imaginei que deveria chamar o patrão de uma forma muito marcante. Daí nasceu o *Seu Rodriiigo*! e isso pegou.

Já o Zé do Araguaia também era apaixonado pelo *patrãozinho* dele, que era o personagem do Antonio Fagundes em *O Rei do Gado*. Só que ele tinha outro ritmo. O primeiro era um homem do mar. Passei 15 dias vivendo numa colônia de pescadores. O segundo era um casal do mato, à margem do mundo, e eu fiquei um tempo também, com o atriz Beth Mendes, convivendo com um grupo de pessoas assim – daqueles que só recebem visitas uma vez por mês.

Ele tinha um andar calmo, um raciocínio sem pressa, um ritmo de vida diferente de quem vive na cidade. O olhar do Mestre Antonio era infinito, para a frente, porque ele sempre estava no mar. O Zé tinha o olhar cerceado por montanhas, campos, animais. Todos esses detalhes são componentes para a criação dos movimentos, das emoções dos personagens.

É importante dizer também que todo o trabalho de composição é feito em grupo. O diretor é fundamental para nos dar o tom. Às vezes o ator imagina uma coisa e o contexto geral é outro. E, mais ainda, o autor é quem dá vida a isso tudo. O Zé do Araguaia virou um xodó do Benedito Ruy Barbosa.

Como eu sou um ator de composição, esses personagens são grandes campos de estudo. Já fiz também personagens cegos e, para isso, numa vez, passei quatro meses convivendo com as pessoas do Instituto Nacional do Livro de Cego. Aprendi a desenvolver os outros sentidos atrofiados do corpo: tato, olfato, audição, enfim, o sistema vestibular, que é reconhecer a presença de um corpo pelo deslocamento de ar. Quase um sexto sentido.

Para esse personagem, eu buscava cenas que pudessem trabalhar os outros sentidos e dar veracidade ao personagem. Por exemplo, eu sentia que não podia fazer coisas simples, cotidianas, sem desenvolver ações específicas. Se a autora escrevia para ele fazer um café, eu fazia dessa cena um momento importante porque ele tinha que trabalhar com tato e olfato apurados. Aprendi a me guiar na rua pelo cheiro das coisas. Da padaria da esquina, do açougue. Os ruídos são sinais preciosos para os cegos. É um outro tipo de diálogo com o universo.

Nessa oportunidade, eu aproveitei e contribuí com a cultura dos cegos e fiz a primeira leitura de livro falado para os cegos, que foi o *Coronel e*

o Lobisomen, no final da década de 60. Fiz parte desse grupo de leitura que começou a transpor obras da literatura para fitas a fim de que os cegos pudessem ter acesso aos trabalhos literários.

Enfim, são mais de 200 personagens e cada um tem uma história, um estudo específico. Porque eu não saberia fazer de outra maneira. Exceto as participações, como quando atuei com os Trapalhões, as interpretações eram mais naturalistas, sem tantas exigências de pesquisas. Mas, mesmo assim, o personagem sempre nasce a partir de um gesto, de um detalhe.

Sou um curioso pelo universo humano, essa é a verdade. Abriu uma portinha para eu pesquisar, lá vou eu. Agora, por exemplo, mesmo sem personagem algum, estou trabalhando essa conexão que nós temos com o mundo espiritual, com o mundo de outra dimensão de existência.

A criação do Zé do Araguaia também foi um momento muito bonito. Durante duas semanas eu tive a oportunidade de conhecer um tipo igualzinho ao que eu iria fazer na televisão. Era o verdadeiro personagem na minha frente.

O Luis Fernando Carvalho me ligou dizendo que tinha um personagem bem popular, rural, brasileiro. De certa forma, eu já tinha feito algo

Como o personagem cego Chico, na novela A Idade do Lobo, *na TV Tupi - SP*

semelhante com o Mestre Antonio em *Final Feliz*. Só que agora ele queria uma vertente que abrangesse o interior e não o litoral. Um homem do Centro-Oeste do Pais. Um homem com uma relação com os rios. O Mestre Antonio nunca tinha saído do litoral. Então, pensei, olha uma boa oportunidade de conhecer mais esse povo brasileiro.

O personagem era o Zé do Araguaia e iria contracenar com o Rei do Gado. A novela tinha o mesmo nome. A base da vida do personagem era gado, mato, índios, animais. O Luis então propôs que eu e Beth Mendes fôssemos para a região do rio Araguaia, que fica entre Mato Grosso e Goiás.

Eu busquei encontrar um homem que nunca tivesse saído dali. Um homem que fosse legítimo filho daquela terra. E encontramos um aposentado, seu Manoel, e sua filha. Eu e a Beth ficamos na casa dele. Era um senhor incrível, que nos contava mil histórias da região. Ele pegava uma lata de querosene vazia e fazia uma espécie de rugido dentro da lata para se comunicar com as onças que rodeavam o local.

Um dia, nós fomos pescar no rio Araguaia. Ele me disse: *Vamos andando*. Eu expliquei que tinha um carro da produção à nossa disposição, mas ele insistiu em ir a pé. Eu perguntei: *É perto?* e ele disse que sim. Colocou a vara nas costas e começou a andar. Eu fui atrás. Calçado de bota, calça, e seu Manoel de chinelinho velho, quase descalço. Andamos quase uma hora e nada do rio chegar.

Ele andava sempre no mesmo ritmo. Cabeça um pouco baixa, mas sem perder a direção. De repente, nos deparamos com um matagal enorme, um capinzal. Ele disse: *Chegamos!* Eu olhei em volta e não vi rio algum. Insisti e ele disse: *O rio taí atrás*. E começou a atravessar o capinzal. Eu fiquei com medo porque era um daqueles lugares típicos para ter tudo quanto é bicho. Ele andava, eu ia atrás. Até que me perdi dele. Ficava tentando ver os movimentos do capim para me guiar. Foi uma loucura.

De repente, eu cheguei à margem de um rio enorme. E ele estava sentado, a varinha já estava na água. Olhou para mim e disse. *Demorou, hein...* Eu comecei a entender o ritmo de vida daquele homem. Olhei pro pé dele e estava faltando um chinelo. Falei: *Seu Manoel, onde está seu chinelo?* Ele olhou pro pé e disse *Acho que ela não queria mais ficar comigo. Ficou por aí...* e apontou pro matagal.

Sentei-me ao lado dele, preparei minha isca e joguei. Meia hora depois, ele tinha pescado um monte de peixe e eu não tinha pego nada. Resolvi sair de perto dele e procurar outros lugares para jogar a linha. Mas não pegava nada. E a pilha dele aumentando.

De repente, voltei para perto dele e não vi alguns dos peixes. Seu Manoel, cadê os peixes? *Ah...o jacaré tava com fome, veio aqui e ficou pegando meus peixinhos. Eu dei com a vara na cabeça dele e só sobrou esses daí*... Eu comecei a rir. Mas, ao mesmo tempo, entendi o ritmo de falar, de viver.

Acocorei-me ao lado dele no rio, joguei a linha e fiquei igualzinho. Até que peguei um peixinho pequeno. Ele me olhou...e disse *Pequeno, né?* Eu disse... é... pequeno. Devolvi o peixe para o rio, exatamente como ele teria feito. Daí em diante, observei os pequenos movimentos dele. Assim nasceu o Zé do Araguaia. Que se estendeu no trabalho da Beth Mendes junto com a filha. Nós criamos um personagem dividido em dois. O Zé do Araguaia e a Dona Ana, que fizeram o Brasil se apaixonar por eles, eram uma composição do seu Manoel e sua filha. Mas eram, em geral, o resultado de um tipo de brasileiro que vive no interior do País. O Luis Fernando ainda tratou os personagens com muita poesia e isso ficou mais bonito ainda.

Eu estava fazendo o Bino, de *Carga Pesada*, quando apareceu a oportunidade de fazer o Asmodeu, da minissérie *Hoje é dia de Maria*. Outro convite do Luis Fernando Carvalho. E logo topei porque sempre me interessei por esses tipos. Era uma espécie de mensageiro do mal que persegue a menina. Não é o diabo, mas um assecla dele. Na história, era um empresário que quer contratar a menina para trabalhar num espetáculo de variedades. Mas, na verdade, ele quer explorar o talento dela.

É um personagem que reúne vários arquétipos. Eu li livros de bruxos, de gurus, que caíram na minha mão. Eu tinha feito uma oficina de palhaço com o Grupo Teatro dos Anônimos, do Marcio Libar, que dá cursos há mais de 20 anos. E apliquei essas informações também no personagem da série.

Capítulo IX

A Última Fronteira

Apesar do estudo, da composição minuciosa, eu não gosto de conceber e premeditar sobre personagens. Prefiro trabalhar com a surpresa. E estar pronto. É tudo fruto de estudo, de intuição, de concepção, de estar com o corpo pronto, com a mente ativa e sintonizada.

Para tanto, desenvolvi um sistema particular – uso um pequeno gravador para ler o roteiro inteiro. Digo a minha fala, as rubricas e também a dos outros personagens. Depois, ouço tudo e vou repetindo o meu texto, entendendo o tempo de cada fala, dialogando comigo mesmo.

Assim, sei os detalhes de todas as cenas, mesmo quando não estou nelas. É fundamental saber toda a história. Isso parece óbvio, mas, com a correria do dia a dia, muitos atores leem apenas as suas cenas, os seus textos e pronto, não atentam para a obra em que estão trabalhando.

Estudo como vou agir e reagir nas minhas cenas porque sei o que elas representam para a história inteira. Aprofundo até chegar aos detalhes. Onde vou pausar, onde vou respirar, qual o tom que vou falar. Aos poucos, o texto vai ficando mecânico na minha mente. Então, estou pronto para o próximo estágio. Começo a colocar a espontaneidade. Ser coloquial ou específico, dependendo de como o personagem pedir.

Isso tudo é um processo complexo mas também fica completo porque o estágio seguinte engloba meus movimentos corporais. Falar e dirigir um caminhão são um exercício específico porque, de fato, você não está dirigindo aquele caminhão. Mas precisa atuar exatamente como se estivesse. E por aí vai.

Quando texto, espontaneidade, movimentos corporais, voz e emoção estão sintonizados, começo a ficar pronto para trabalhar na hora da cena. Vou repetir o processo mais algumas vezes e então esqueço os detalhes técnicos. Começo a ter entendimento daquele personagem em todos os aspectos da sua verdade. Começo, então, a vivenciar o personagem. Tudo na mais perfeita técnica. E na mais pura intuição.

No final das contas, o ator é um grande fingidor. Quanto melhor fingimento, melhor ator ele será. Acontece que não pode se acreditar naquele ator que também não acredita no que está falando, não empresta o sentimento ao personagem. Fica falso e o público logo percebe, distancia.

O que esse meu sistema de trabalho faz integralmente é dar consciência do universo da palavra e do corpo do personagem. Como tenho esses dois aspectos do meu corpo sempre preparados – a palavra e a ação – me coloco à disposição para novas *aventuras* com novos personagens. Isso é fascinante.

Atualmente, estou me aprofundando naquilo que chamo de A Ultima Fronteira do homem, que é a dimensão espiritual. É um interesse pelo que acontece depois da morte, pelo oculto. Essa busca pode se dar também por meio de um estudo pessoal, que envolve despojamento pleno. Ainda não atingi esse estágio de despojamento porque estou cercado de conceitos sobre mim, sobre a cultura que me cerca, que me impossibilitam de saber quem eu sou realmente.

Estou nesse caminho de estudo do meu lado oculto, do meu espírito. Se eu puder lançar mão disso para poder criar minha expressão e fazer meu trabalho, será muito melhor. Vai me ajudar a despojar o ego, a personalidade que aprisiona, a visão partidária, política da vida. O ator precisa fazer um personagem capitalista por mais engajado que ainda seja numa política marxista. E ele pode ser marxista e se interessar por espiritismo. Eu quero ter essa liberdade, estabelecer pra mim a não fronteira.

Então, segundo Allan Kardec, que fez o trabalho inicial de decodificar esse mundo de maneira racional, o espírito vive na sua morada que é o corpo. Então, estou estudando como criar um diálogo com o meu espírito e com os espíritos dos outros. Me faço perguntas sobre como posso querer e conseguir as coisas boas que pretendo conseguir; como posso alcançar novos níveis de conhecimento, como posso alcançar uma nova fonte de energia. É uma nova forma de conversar com o universo, eu entendo assim. O resultado? Não sei ainda onde vai chegar. Mas estou caminhando.

Estou juntando tudo o que já sei, desde o taoísmo, a unidade da vida, o Todo universal, e essa nova fronteira que é o espírito humano para trabalhar os personagens. E essa fronteira final, como resolvi chamar até o momento (até porque pode haver uma nova fronteira desconhecida além do próprio espírito), começou no ano passado, quando recebi uma carta psicografada que era uma mensagem da minha mãe. Minha prima, que é médium, estuda e exercita essa capacidade de ter um canal aberto com outra dimensão, escreveu a mensagem.

Sempre fui um cético em questão de formação religiosa. Fui do Partido Comunista Brasileiro, para se ter uma ideia. Era uma época bem materialista da minha vida. Eu, Cleyde Yaconis, Juca de Oliveira, Flavio Rangel, todos éramos uma célula de atividade do partidão. Nunca fui preso, embora a Cleyde já tenha sido. O Gianfrancesco Guarnieri também fazia parte.

A verdade é que o materialismo dialético me levou a um ceticismo com as coisas. E vivi com isso normalmente. Então, recebi essa carta psicografada da minha mãe. Faz sete anos que ela morreu – uma vida longa de 84 anos. Eu sempre tive vontade de falar com ela, de sonhar com ela, encontrá-la depois de sua morte. Mas nunca sequer sonhei.

Quando recebi a carta, teve uma primeira questão que foi o fato de ser minha prima, que a conhecia, quem escreveu a carta. Podia ter interferência. Eu fiquei ainda meio cético. Minha esposa, Marilene, me disse: *Por que você não se abre a isso? Quem sabe tua mãe não vai falar com você nos sonhos se você acreditar nisso?*

A carta era muito bonita; falava do falecimento de minha irmã pouco tempo antes. Fui ao meu sitio em Xerém, Estado do Rio, e encontrei com meu outro irmão. Ele tinha sonhado com minha mãe! Eu já fiquei de olho porque era um daqueles sinais que eu sempre procuro para saber se estou no caminho certo. Logo depois, encontrei numa livraria uma biografia do Chico Xavier, escrita pelo Marcel Souto Maior.

Mesmo depois de ler o livro, ainda fiquei com alguns pensamentos críticos. Não me abri totalmente a essa ideia do espírito sobreviver à morte do corpo, continuar sua vida. Logo depois, encontrei outro livro, *Violetas na Janela*, de uma menina chamada Patrícia. Voltei ao Chico e li *O Evangelho Segundo Emmanuel*, que é o guia espiritual dele.

Mas ainda estava precisando de algo mais forte para me tocar. Afinal, anos e anos de materialismo dialético não é fácil de romper. Foi quando encontrei o Carlos Vereza. Ele me disse: *Por que você não lê o Allan Kardec, que é base disso tudo?* Então, eu comecei a ler *O Livro dos Espíritos*, *O Evangelho Segundo o Espiritismo*, *O Livro dos Médiuns* e, aos poucos, sem estardalhaço, sem uma mudança radical, parece que estou entendendo essa fé raciocinada que é pregada nos livros, na doutrina. E como ela faz sentido!

No fundo, todos os atores, autores, artistas em geral são canais mediúnicos. Por eles, passa mais que uma energia criativa – são novas formas de ver o mundo. Novos personagens, novos entendimentos do ser humano. Isso é um trabalho que precisa ser feito, consciente ou inconsciente mesmo. Quando exercitamos por outros sistemas de trabalho, estamos ativando esse poder mediúnico sem saber. Mas, agora, eu estou acreditando, quando temos conhecimento do fato, da forma de usar, podemos ter mais domínio e força, além de aperfeiçoarmos nossa técnica.

Ainda não cheguei a uma conclusão a respeito, estou na fase de pesquisa. Mas, se eu me convencer que o corpo humano é realmente a morada de um espírito, vou trabalhar com o espírito. Sou um curioso, com um olhar sempre de não julgamento para as coisas. Por isso, experimento esses novos caminhos. Às vezes, falo com o meu próprio espírito, pedindo que ele me ajude numa coisa ou noutra do meu trabalho. E dá certo.

Se isso for o caminho, eu vou acabar criando um personagem baseado no desejo do meu espírito e não mais do meu corpo material. Isso pode ser até um trabalho mediúnico mesmo. Afinal, o trabalho do ator é, de certa maneira, mediúnico. De onde vêm esses tipos que nascem da gente, mas não são nossas personalidades?

Essa é realmente uma fase em que estou esticando minha antena para captar as essências invisíveis mesmo. Já estudei o corpo, a mente, as formas de atuar. Já mergulhei na dialética do marxismo. Agora, é até normal que minha atenção esteja voltada para essa que acho que deva ser a última fronteira do conhecimento humano na área das artes. O que virá depois será uma revolução que ainda não temos noção do tamanho e da forma. Porque eu gosto de me expor a esse tipo de aprendizado. Para mim, ao menos, será como mexer no eixo. Será uma mudança de rota para o Planeta Terra também?

Em Carga Pesada, *2ª temporada*

Capítulo X

Diálogo com Corpo, Voz e Emoção

Já me perguntaram várias vezes o que eu teria sido se não fosse ator. Não sei. Talvez fosse um estudioso, mexesse com química, por exemplo. Não tive uma formação didática na minha profissão. A única formação teórica que tive foi a contábil, quando fiz o curso de especialização.

Eu nunca quis realmente produzir projetos pessoais. Uma vez, fiz um espetáculo com uma de minhas ex-mulheres, onde eu fiz o Carlitos, personagem do Charles Chaplin. Eram vários momentos da vida do personagem, em muitos filmes. Mas meu negócio é atuar, estar envolvido com a preparação, aprofundar em outros universos.

Quanto a escrever, nunca quis ter o domínio do ato. Já até me arrisquei em alguns episódios do *Carga Pesada*. Mas acho que, nessa hora, vale uma boa noção de gramática, de língua portuguesa. Não tive uma boa formação nesse aspecto. Eu dormia nas aulas de português...

Mesmo assim ainda quero criar. Eu mesmo criei, escrevi e desenvolvi o curso que faço – elaborado com todos os detalhes do meu processo de trabalho, acrescidos a uma palestra motivacional. Eu falo para empresas, empresários, grupos de estudos etc.

Esse processo sempre divide o trabalho do ator em três etapas: corpo, voz e emoção. Cada uma é subdividida também. É preciso ter noção, conhecimento, estudo e prática com esses aspectos da profissão de ator. A voz precisa ser bem trabalhada para pronúncia, entendimento, clareza, articulação e emoção. Há exercícios para isso.

O corpo é outro aspecto que precisa ser analisado detalhadamente, seguindo o processo de desconstrução para depois construir. A emoção é também subjetiva e objetiva ao mesmo tempo. Há aquelas do passado, que ainda estão presentes. Ou as motivadas por imagens, percepções e associações de ideias.

Enfim, há inúmeras maneiras de trabalho e o resultado é sempre surpreendente. As pessoas trazem respostas inesperadas. Não são atores, reagem como seres humanos. Atores reagem sempre em função dos personagens que querem compor. É um trabalho quase sempre dinâmico para um fim específico.

Ver um empresário se soltar como se fosse um palhaço de circo traz para ele uma sensação de bem-estar que o cara nunca sentiu na vida. Muda o paradigma mesmo. As pessoas saem lívidas do curso. Quando tenho tempo, consigo agendar até dois por ano.

Eu também gosto de fazer oficinas assim. Uma vez fiquei 22 horas vivendo um processo de criação de um palhaço. Tive que me *descascar* inteirinho, limpar todas as coisas que me rodeavam para reencontrar a pureza do humor. Então, ao mesmo tempo que ensino minhas técnicas e experiência, também aprendo muito.

Já fiz cursos de arte culinária, de paraquedismo, alpinismo, bordado, costura, pintura, marcenaria, enfim, todos esses processos me trouxeram muito aprendizado. Um conhecimento vai sobrepondo-se ao próximo. E isso vai me deixando sem eixo, sem rigidez para as coisas. Esse prazer é impagável.

Por isso adoro improviso. Mas gosto de fazer em momentos específicos. Ou seja, gosto da estrutura bem montada e, ao mesmo tempo, da flexibilidade. É importante conhecer o personagem no qual eu vou improvisar. Senão eu vou apenas falar um monte de coisas. Isso é *falação*. Improviso nasce de uma estrutura forte, demonstrando conhecimento daquela história, da vida e das opiniões diversas daquele personagem. É

preciso acrescentar ao texto, não apenas ficar fazendo *macaquice*.

Fiz um curso nos EUA de um teatro chamado Teatro Improvisacional. Atores altamente articulados, plenamente exercitados, com voz, corpo, emoção bem elaborados, que recebem um tema aleatório e precisam improvisar com ele. Diariamente, cerca de 20 atores entram em cena para improvisar desde a manchete dos jornais do dia até a Guerra do Iraque. Eles se reúnem em alguns minutos no canto do palco para acertar papéis e daí fazem um espetáculo de duas horas sem parar, engraçado, cheio de novidades e surpresas. Isso só acontece porque eles têm estrutura para fazer.

O fato é que minha busca por conhecimento é insaciável. Conheço todos os métodos de interpretação – ao menos todos os que se usam normalmente. Certamente há outros, no Oriente, em escolas mais fechadas. Porém, do grande trabalho artístico atualmente, eu já estudei todos. Cada um teve um momento importante na minha formação. Quando estudava um deles, por exemplo, eu achava que tinha encontrado todas as respostas. Mas depois começava a fazer outro e via que poderia acrescentar outros métodos.

O Corcoran, na cozinha

No final das contas, todos fazem parte de uma unidade só. O conhecimento de todas essas escolas de interpretação pode montar um mosaico muito individual. E aí eu tenho ferramentas para chegar a uma forma de expressão ideal. Um pensamento holístico, claro. Na escola de teatro, por exemplo, o Método, do Stanislavski, foi muito importante. Ele me dava meios do exercício imediato, um laboratório em si, para trabalhar não só com a memória emotiva como também de ação e reação.

Posteriormente surgiram outros, como o diretor italiano Eugène Barba, que tem um método mais contemporâneo de construção de personagens. Ainda teve o Lee Strasberg que era mais distante; porém o Elia Kazam, com o Actor Studio's, teve uma grande influência na formação da minha geração.

Nós íamos ao cinema e lá estava o Marlon Brando, o James Dean, usando artifícios de trabalho aprendidos no *Actor's Studio*. Aqueles cacoetes do Brando – em *Uma Rua Chamada Desejo, Sindicato de Ladrões* – me chamaram muita atenção. Como ele criou aquilo? A gente se perguntava e ia investigar.

A escola que mais me entusiasmou nem foi o método do *Actor's Studio*, mas sim a escola

Brechtiana. Eu fui a Berlim para ver espetáculos no *Berliner Ensamble* mesmo na época da Alemanha comunista ainda. Sempre busco viajar para ver o que está sendo feito nos lugares. Quando vou à *Broadway*, por exemplo, tento assistir a todos os espetáculos em cartaz. E ainda procuro aqueles alternativos, os *off* Broadway. Numa temporada recente, eu vi um espetáculo chamado *Slow Show*, feito apenas com palhaços formados na Polônia com especialização no *Cirque Du Soleil* no Canadá. Era deslumbrante. Nem sei se ainda está em cartaz...

Acontece que amo a qualidade. Amo a excelência no trabalho. É isso que leva qualquer profissional a se superar. Dá mais fôlego para ele continuar sempre, resistência para concluir seus trabalhos. Não falo sobre disputar espaço com outro colega de trabalho. Falo sobre ter lugar para todos os que se preparam bem. Para aqueles que não se preparam, acho que o público, em última instância, vai indicar se tem como continuar na carreira ou não.

Tem gente que olha pra mim e diz: *Esse cara tem cinquenta anos de profissão e ainda faz esse tipo de coisa para se preparar!* Eu confirmo e não tenho problemas. Faço porque esse também é meu prazer. Tenho 74 anos de idade e sei exatamente os caminhos que tenho que percorrer para realizar um bom trabalho. Eu quero dar um salto-mortal aos 80 anos de idade! E, para isso, já estou treinando novamente. Isso depende apenas do meu querer, da minha disciplina, vitalidade.

Eu estou na profissão certa. Isso não é uma constatação atual. Por favor. Seria muito engraçado descobrir isso agora. É uma reafirmação. Nunca seria um contador, nunca teria um escritório de contabilidade, apesar de ser formado. Sou racional para ser abstrato. Gosto de extrapolar o pragmatismo. Conviver com o imprevisível. Ser desafiado.

Ainda quero fazer *Fausto*, do Goethe. Esse personagem está me rondando há anos. É um objetivo que tenho, mas espero a hora certa de ir em busca dele. Porque tenho que ter também serenidade para aceitar as coisas na hora certa... assim como naquela oração que pede coragem para mudar as coisas que devem ser mudadas e sabedoria para distinguir umas das outras.

Acho que a hora do *Fausto* está se aproximando e já tenho jogado essa ideia para o universo. Não sei se a resposta vem no cinema, na TV ou no teatro. Já fiz o próprio diabo na televisão, com o Asmodeu. Minha mulher me dá livros que mostram caminhos. Às vezes, estou pensando numa coisa, ela chega de repente e diz: *Olha o que eu comprei para você!* E é um curso de palhaço, por exemplo, quando eu estava pensando em picadeiro, em leveza, em delicadeza com humor.

Um dia ela chegou com o livro *Mil e uma Noites*. Algumas semanas depois apareceu o convite para fazer o Tio Ali. Agora estou lendo Goethe e outros livros sobre o desconhecido poder do bem e do mal dentro do homem. Isso tudo, tenho certeza, será de grande utilidade para mim.

Do Shakespeare, eu acho o *Ricardo III* o mais completo. Ele contém inúmeras vertentes de caráter. É um sonho de todo ator fazer esse personagem. O espetáculo que eu fiz não foi tão bom quanto eu gostaria. Teve problemas de produção, de direção. Eu ainda quero fazer *Sonho de uma Noite de Verão*, por exemplo. Acho que estou na idade certa para fazer também.

Capítulo XI

Universos Paralelos

Meu processo de trabalho começa pelo próprio ofício de atuar. Que precisa ser basicamente estruturado em corpo, voz e emoção. Cada parte tem que ser exercitada na vida do ator. Em conjunto ou separadamente, com o controle de todas as fases que envolvem.

É preciso estudar o passado dos personagens, mesmo que não haja um realmente; mas deve-se compreender a vida pregressa daquele personagem. Os grandes antropólogos brasileiros nos ajudam muito nesse aspecto quando temos que viver homens do campo, por exemplo. Eu estudo Antonio Candido e ele vai me dizer realmente quais os gestos, o palavreado, de cada região brasileira. Vou emergindo no universo daquele homem. É um mundo novo que vai sendo criado.

Depois da etnia, das características regionais, é preciso começar a pensar nos aspectos da personalidade. Esse trabalho é quase um estudo psicológico. O Zé do Araguaia, devido à sua rusticidade, não tinha autoestima muito apurada, por exemplo, como a de um personagem urbano. Como ele convivia com a mulher, nós procuramos criar também uma simbiose do casal. E, na verdade, todo o estudo que fizemos serviu para o personagem da Beth Mendes também. Assim como o estudo que ela fez para o personagem dela valeu para o meu. No final, Dona Ana e Zé do Araguaia eram uma *entidade* só.

O Zé do Araguaia tinha que ter mãos grossas porque pegava boi com laço e segurava a enxada sempre, seu instrumento de trabalho. Então, a mão do personagem tinha uma importância grande para ele. Eu joguei a energia, a concentração do trabalho, nas mãos do personagem – que seriam diferentes de um cara da cidade com mãos delicadas. Da mão, passamos pro braço. O Bino, do *Carga Pesada*, tem um braço forte, que está sempre em evidência, porque o cara dirige caminhão. Ao mesmo tempo, ele sofre dos rins porque está sempre sentado e isso afeta a forma como ele anda, coloca-se nos lugares.

Quando você vai trabalhar um jangadeiro que fica em pé com a água nas canelas balançando ao sabor das marés, ele tinha que ter aquela *ginga* do mar incorporada em sua postura. Pra isso, o corpo do artista tem que estar disponível. Tem que estar totalmente aberto a qualquer postura, atitude. Eu já fiz mais de dez processos de trabalhos corporais.

Um deles é baseado em concentração de energia. Usa-se música para ajudar. Aí não são mais os músculos e articulações, mas os campos energéticos. Fiz três padres totalmente diferentes na minha carreira. O Padre Leonardo, da novela *O Amor é Nosso*; o Padre Aurélio, de *Sexo dos Anjos*; e o Padre Cicero Romão Batista, da minissérie *Padre Cícero*.

Cada um tinha uma circunstância específica, históricos diferentes. O primeiro era um homem que convivia com a juventude. Tinha muita referencia ao verdadeiro Padre Max, que viveu em Ipanema; eu convivi com ele, conversamos, ele me deu material e a sua versão para uma acusação que sofreu sobre ter se envolvido com uma menina. Então, eu não estava vivendo a história daquele padre, mas de um padre fictício que deve existir em algum lugar do universo e ser *codificado* por mim, como veículo de trazê-lo à vida.

O personagem era esse professor de geologia que ficava em contato com a natureza. O outro, Aurélio, era um personagem que vivia na floresta, era ferido com um tiro e acaba morrendo durante a história da novela. Era um ativista de direitos humanos e acaba sofrendo as consequências desse engajamento. Foi uma participação especial. Mas foi muito diferente. Eu busquei outras referências, outras formas de imaginar aquele homem com tanta intensidade de defesa de uma causa. E saiu outro tipo de padre...

Já o Padre Cícero pedia uma fidelidade grande. Eu li três biografias sobre ele para poder basear a composição do personagem. Ele chegou a ser indicado para presidente do Estado do Ceará (na época, como chamavam os governadores estaduais). Os livros eram complementares porque cada um atentava para aspectos diferentes da vida dele. Desde a liderança até o coronelato, passando pelo carisma que tinha junto ao povo. Foi um estudo grande. Que veio depois da pesquisa dos autores, Aguinaldo Silva e Doc Comparato.

O fato dessas pesquisas é que eu me condiciono e tento me conectar com o meu espírito. E de vez em quando ele me dá respostas incríveis. Acontece que, para não deixar que o personagem seja criado por meio de um psicologismo que muitas vezes não leva a lugar algum, eu tento sempre trabalhar a partir da minha técnica, colocar os meios de interpretação, os quais eu exercito ininterruptamente, sempre à frente de qualquer avaliação da psiquê do personagem. Busco fatos e atitudes. Os fatos estão nos textos, que sempre me informam o que o personagem faz e qual a vida que ele tem. Daí, nascem as ações. Entre um e outro, está minha disponibilidade total e irrestrita para ir a qualquer direção.

Claro que o conhecimento da psicologia em alguns casos ajuda. O universo psicológico de cada ser humano é sempre muito rico e eu tento aproveitar de uma forma produtiva e não ficar buscando os porquês de suas atitudes. Nunca procuro o problema, mas a solução. Me dou muito bem com isso, porque não fico reduzido a tipos e perfis específico no mercado de trabalho. Tento ser o mais versátil possível sempre.

Daí vem o fato de conseguir fazer dois seriados ao mesmo tempo, como *Carga Pesada* e *Hoje é Dia de Maria*. Se eu tivesse disponibilidade, faria até outros. Porque os personagens estão lá, prontos a serem vividos pelo ator que se entrega a eles e não fica tentando entender questionar o que eles são.

O ator precisa ter os meios pelos quais ele coloca sua arte à disposição de qualquer diretor, que são a voz, o corpo e a emoção. E estar apto a fazer qualquer tipo. Nosso mercado de trabalho está empobrecido porque não há tanta viabilidade econômica para que se montem espetáculos diferentes em grande escala. O cinema não tem como pagar cachês altos porque vive de recursos incentivados pelas leis que, por sua vez, existem não para investir em boas histórias, mas para, em primeira instância, possibilitar renúncia fiscal às empresas. Isso faz com que a periodicidade de filmagem seja menor.

A televisão ainda engatinha em sua expansão. Só há uma empresa, maravilhosa, mas é a única que produz como indústria. Então, se o ator reduz as possibilidades de trabalho porque seu rosto fala mais alto do que a capacidade de interpretar, ele vai reduzir sua chance de continuar atuando.

O paradigma da vida de um ator é esperar boas chances. Se ele se expõe a muitas possibilidades, não vai esperar tanto. Eu estou há 33 anos na TV Globo e nunca fiquei parado. Quando comecei, sabia que tinha que estar pronto para qualquer personagem. Senão seria sempre aquele homem que se encaixasse no meu perfil físico. Hoje, quem sabe mais, quem estuda mais, quem está mais disponível, em todas as áreas profissionais, tem mais chances de trabalho. Na carreira artística, é preciso que o jovem entenda essa necessidade de ampliar seus conhecimentos, de estudar sempre. É uma questão de emprego.

E, depois de estudar muito, com todos os mecanismos de trabalho treinados, fica mais fácil colocá-los em prática. Falo por experiência própria. Antigamente, eu ficava algumas semanas para entender como atuar. Hoje, em certos casos, em cinco dias eu construo a base do personagem e estou pronto para colocá-lo em prática.

Até porque o processo de produção de um filme ou de uma novela é descontínuo. Grava-se de trás pra frente; começa-se no meio da história; então, tenho que ter todo o domínio do personagem, toda a sua história muito rapidamente porque não há muito o que esperar. No caso da minissérie *Hoje é Dia de Maria*, a primeira parte eu fiz um diabo chamado Asmodeu. Ele era assumidamente do mal.

Na segunda *jornada* da história, como ficou conhecida a segunda parte que passou tempos depois, fiz um personagem diferente chamado Cartola, mas com a mesma intenção de maldade. Era um empresário do *show business* que contratava pessoas para o trabalho. Só que era ganancioso e sem limites. Daí, a maldade nasceu de outras formas – não era mais *manco* como o primeiro; não tinha um visual tão assustador. Mas perseguia a pequena Maria da mesma forma. Usamos um pouco de personagens conhecidos como o Pinguim do Batman, ou mais ainda na figura do próprio Toulouse-Lautrec e pinturas do Ensor. Mas colocamos tudo no contexto brasileiro.

Depois que construo o personagem em um tempo relativamente rápido, atualmente eu também posso desconstruir tudo imediatamente. Acabou a filmagem, acabou o personagem. Não preciso cortar o cabelo, não preciso fazer nada para desligar. É como se fosse um *contrato* invisível entre mim e o personagem. No último dia de gravação, ele está lá, forte como nunca. Mas quando o diretor diz *corta* e as cenas valeram e eu tiro a roupa dele, está tudo acabado.

Capítulo XII

Bino, Pedro e um Caminhão

Carga Pesada é um *case* de dramaturgia. Estreou e ficou dois anos no ar, numa época em que a TV Globo queria investir em seriados, início da década de 80. Vinte e cinco anos depois, os dois personagens voltam interpretados pelos mesmos atores, envelhecidos também, como se a história tivesse continuado e eles estivessem trabalhando por todo aquele tempo. E, agora, estamos há mais de três anos no ar.

Este sucesso é resultado de colocar no ar um programa baseado num universo no qual nós acreditávamos muito, como um manancial de histórias humanas interessantes. Além disso, cortamos o Brasil, desvendando-o para os brasileiros, na primeira vez que estivemos no ar. E parece que não se esgotam os temas. Que o Brasil se reinventa porque continuamos a cortar o País tanto tempo depois e reencontrar histórias velhas com novas visões, ou mesmo temas inéditos que antes não existiam.

Eu e o [Antonio] Fagundes temos um trabalho muito parecido relacionado à realidade brasileira. Estudamos em São Paulo. Eu o conheci quando ele fazia o Teatro de Arena. Nós formávamos um

Em Carga Pesada, 1ª temporada, com Antonio Fagundes

Em Carga Pesada, 2ª temporada, com Antonio Fagundes e o diretor Roberto Naar

grupo de amigos – com Flavio Rangel, Paulo José, Juca de Oliveira, Lima Duarte, compartilhávamos as mesmas buscas intelectuais. Como não éramos bonitos e galãs como os caras que apareciam na tela com os filmes americanos, nossa saída foi estudar a realidade brasileira, a alma deste povo.

Líamos Guimarães Rosa, Erico Veríssimo, Machado de Assis, enfim, todos os grandes. Montávamos *performances* de certos personagens uns para os outros. Eu interpretei vários personagens do Rosa, por exemplo, para uma avaliação informal do Lima Duarte. Era um estudo, apenas isso, sem a finalidade de apresentarmos para o público. Como todos éramos comunistas também, fazíamos parte de uma célula do Partido Comunista e aproveitávamos o tempo junto para conversar e estudar teatro e o Brasil.

Eu costumo brincar dizendo que, quando o Daniel Filho, que era o diretor responsável pela implementação do projeto dos seriados, ligou e disse: *Estamos escolhendo o elenco de uma série com dois caminhoneiros e os testes estão sendo feitos com fita métrica – quem tiver o maior braço vai ser escalado!*, eu e o Fagundes começamos a malhar loucamente.

Brincadeiras à parte, acredito que nossa escolha se deve ao fato de que éramos dois atores com uma postura de representação bem diferente um do outro. Nós não disputamos personagens. Temos estilos e aparências diferentes. Torcemos um pelo outro. E realizamos o nosso trabalho com competência.

Tanto que essa mesma dupla de atores que fazem caminhoneiros já foi escalada como outros personagens em outras novelas, como *Rei do Gado*, por exemplo. Nunca tive problema em ser o empregadinho do *patrãozinho*, como dizia meu personagem na novela. Fizemos *O Dono do Mundo*, onde éramos genro e sogro, mas brigávamos muito na historia; *Corpo a Corpo* – onde éramos dois irmãos. Enfim, a força de nossa imagem juntos é tão forte que até hoje rende outras parcerias.

Quem concebeu os seriados (junto com *Plantão de Polícia* e *Malu Mulher*) foi o Daniel Filho. E quem começou escrevendo os episódios foram Dias Gomes, Walter Negrão, Gianfrancesco Guarnieri, Walter George Durst e outros autores de São Paulo. Logo na estreia, explodimos de audiência. Primeiro era a linguagem do seriado, uma coisa nova para o início da década de 80. Depois, a estrutura narrativa. A novela tinha um enredo que se desenvolvia por meses. No programa, o enredo começava e terminava no mesmo dia. Era como um filme por episódio, mas com os mesmos personagens.

E depois o atrativo foi um universo desconhecido das classes média e alta – a vida de caminhoneiro. Nós dizíamos que o *estômago* do brasileiro era transportado pelas vias do País porque todos os gêneros alimentícios eram movimentados dessa forma. Os caminhoneiros daquela época não tinham sindicato. Eu e Fagundes viramos ídolos de uma classe de trabalhadores que foi se organizando aos poucos. E posso imaginar que os personagens da televisão ajudaram a criar essa identidade.

Recebíamos milhares de cartas contando histórias particulares. Muitos davam dicas de como poderíamos desenvolver certos temas porque tinham experimentado as mesmas situações que viram na tela. Nós auxiliamos muito aos autores com esse tipo de informação, que era praticamente uma pesquisa de campo completa.

Os caminhoneiros diziam que todas as terças-feiras – que era o dia em que o seriado passava – logo depois da novela das 8, quando começava *Carga Pesada*, o Brasil parava para assistir ao seriado. As estradas ficavam vazias. A gente recebia noticias de patrões que reclamavam porque a carga atrasava...

Há uma história interessante de sincronicidade nessa época. Minha mulher, a atriz Marilene Sa-

ade, participou de um episódio que tinha como título *O Casamento de Pedro*. Ela tinha sete anos de idade à época e fez parte do elenco mirim. Anos depois, nos reencontramos pela estrada... aos 18 ela trabalhou em *O Dono do Mundo*, na qual eu também atuava. E depois ainda em *Torre de Babel*.

Recentemente, a Marilene voltou ao *Carga*, a quarta temporada, com o episódio *Roda Gigante*. Meu personagem, nessa história, estava apaixonado por ela... quem acredita em acaso depois disso?

Voltando à trajetória do seriado, infelizmente, depois de dois anos no ar, o programa foi retirado da grade. Coisas da Globo. Achavam que o tema tinha se esgotado. Mas eu e o Fagundes, principalmente, sabíamos que esse é um tema quase inesgotável porque lida com novidades diariamente. Todos os dias, em alguma estrada brasileira, acontece algo que vale a pena ser contado com um caminhoneiro.

Basta atravessar o Brasil para ver a diversidade de gente, local, clima. E a proposta do programa era realmente viajar com a produção e mostrar a realidade dos caminhoneiros nos próprios locais. Numa semana, estávamos no Nordeste; noutra, no Sul; civilização italiana, alemã, holandesa,

Em Carga Pesada, *2ª temporada*

indígena, região desértica, serrana, de praia, enfim, isso tudo ia para a tela da televisão, quase uma espécie de documentário ficcional do País.

Eu e Fagundes mantivemos nossa amizade, claro. Somos criados no teatro e vivíamos assistindo às peças um do outro. Um dia, nos encontramos nos bastidores e falamos; *Vamos brigar para ter o seriado de volta?* e fomos falar com o falecido diretor Paulo Ubiratan, que se interessou imediatamente. Mas infelizmente o Paulo nos deixou prematuramente. E procuramos outro diretor.

O Marcos Paulo abraçou a ideia. Conseguiu incluir o seriado no núcleo de produção dele, que contava com o diretor Roberto Naar. E, assim, o programa foi recolocado na grade de programação e o seu retorno foi um sucesso maior do que anteriormente. Hoje, o Naar é o diretor-geral do programa – que já está em sua quarta temporada. Sempre com a preocupação de uma nova linguagem.

Participamos de todo o processo de criação e depois vemos os programas prontos, antes de irem ao ar. Não vamos para a edição porque não dá tempo e tem gente competente resolvendo essa parte, que já entende a filosofia do programa. Mas podemos opinar na versão final. De certa forma, contribuímos mais durante a

TRACTOR

4150981

produção dos textos. Queremos ter a certeza que o programa continua ligado diretamente com a realidade brasileira.

E que também tivesse uma conotação de denúncia porque o buraco na estrada continua existindo, mesmo 25 anos depois; assim como os problemas de saúde, falta de atendimento à população, trafico de animais silvestres, de drogas, assaltos, enfim, inúmeros problemas que ainda são a realidade dessa gente que nós interpretamos.

Hoje, depois de tanto tempo, eu bato o olho em um texto e já sinto se vai dar ou não. Mesmo com uma visão inovadora do diretor. Nós sabemos quais os contextos aos quais as histórias precisam estar encaixadas. Não podemos mudar o rumo, as características, os tipos de personagens que estamos fazendo agora. As vidas daqueles homens são baseadas na realidade dos caminhoneiros deste país, marcada por uma grande precariedade, com riscos enormes que vão desde as estradas – esburacadas há décadas – até a violência crescente, passando pelos riscos de viajar tanto, a saudade de casa etc.

Todo esse universo nos é muito próximo porque o vivenciamos na primeira vez que a série passou, vinte anos atrás, e, agora, na segunda, apenas continuamos o trabalho. Então, um texto que

Em Carga Pesada, *2ª temporada*

não se enquadre nesses aspectos certamente não vai funcionar. Os autores hábeis sabem disso também e tentam driblar a obviedade das coisas que acontecem com eles.

Porque essa é outra necessidade da história – os dois estão sempre vivendo os dramas, que podem até estar um pouco individualizados, mas, no final, eles estão sempre sentados na boleia daquele caminhão. Uma coisa que Pedro e Bino têm – e que acabou transcendendo a ficção – é a amizade forte entre eles e que também existe entre mim e o Fagundes.

Na verdade, aqueles dois homens se tornaram símbolo de amizade no País. Me perguntavam muito sobre o que eu achava de uma amizade tão forte entre dois homens, sem a implicação da sexualidade. Virou um exemplo de fraternidade, um exemplo de comunhão entre duas pessoas do mesmo sexo que têm gostos diferentes, mas compartilham do mesmo intento.

Já vi até virarem apelido de pessoas amigas que não se desgrudam nunca. *Olha lá aqueles dois, parecem Pedro e Bino*, dizem de amigos inseparáveis. Quando esse tipo de comparação sai do mundo da televisão, da dramaturgia, e invade a realidade e o dia a dia das pessoas, é sinal que contribuímos com alguma coisa para o público.

E as histórias seguem essa amizade também. Mostram-se aventuras de ambos, mas não se deixa de enfatizar sempre a dignidade, a honradez, a hombridade com que eles encaram os problemas particulares e em dupla. Tanto que as histórias sempre trazem aspectos que são conflitos dos dois e outros momentos que trazem conflitos pessoais.

Por ter essa abordagem mais direta com a denúncia, o programa dessa segunda versão é mais forte que o da primeira versão, que também tinha denúncias, mas também possuía uma preocupação inicial de apresentação do Brasil para os brasileiros, de descobertas culturais. Hoje, o País se conhece em todas as suas dimensões. Claro que ainda se surpreende em inúmeros momentos. Mas as pessoas querem mesmo é qualidade de vida, dignidade na relação vida–trabalho – ou seja, ganhar o suficiente para viver, ter direitos básicos que falta como saúde e educação.

O programa de atualmente inseriu o chamado *merchandising social* de forma mais direta no conteúdo. Um episódio sobre síndrome de Down foi reconhecido como um grande avanço na relação com as pessoas que têm esse tipo de doença porque mostrava de forma positiva, sem ser paternalista, como pode ser lindo o convívio com as pessoas que vivem nessa realidade.

Quem ganha com isso é a Globo, claro, com todo o seu poder de penetração pelo País e dando credibilidade aos seus programas porque eles falam diretamente com a população. Isso sem citar o aspecto comercial do programa. Uma fábrica de caminhões – o mesmo que é usado pelo Pedro e Bino – bateu o recorde de vendas no primeiro ano que a série voltou ao ar. Venderam o Titan – modelo que nós usamos no programa – como se fosse água...

Ainda na primeira fase, chegamos numa festa de caminhoneiro com mais de 15 mil pessoas reunidas. O dedo ficou dormente de tanto dar autógrafo. A fábrica patrocinadora do programa daquela época era a Scania. Ela fez uns cartões-postais para autografarmos. Foram mais de 10 mil cartões e ficamos o dia inteiro escrevendo. O dedo dormente e um engarrafamento enorme pela frente...

A presença do caminhão como uma espécie de terceiro personagem principal é engraçada. O público não sabe, mas raramente nós dirigimos de verdade o caminhão. A engenharia de produção monta um caminhão apenas com a cabine de direção na carcaça de outro caminhão, que está em movimento. Eu e o Fagundes ficamos na cabine que está em cima, como se fosse uma carga. Ali também ficam os câmeras e assim nós podemos gravar, em movimento real, mas não estamos dirigindo... além disso, o programa fica barato porque é apenas uma unidade de produção viajando e filmando em externas quase a maioria das cenas. Não tem estúdio, cenário fixo – exceto o caminhão.

Isso só foi possível na segunda fase. E possibilitou uma qualidade de imagem e som muito melhor dentro da cabine. Antigamente, há 25 anos, havia uma gaiola pendurada na lateral do caminhão onde o câmera ficava. Às vezes, nós até segurávamos de dentro da cabine porque era muito frágil. Dentro da cabine estavam escondidos também os microfones, um ou outro refletor, enfim, tinha vezes que tinha que dirigir com uma das mãos apenas porque a outra estava ajudando a segurar o equipamento. Era um tanto perigoso e nós, naquela vez, dirigíamos mesmo. Tive que tirar carteira especial e tudo. O Fagundes tem até hoje carta de habilitação de caminhão. Eu não renovei. Mas se me colocar numa boleia de verdade, eu levo adiante...

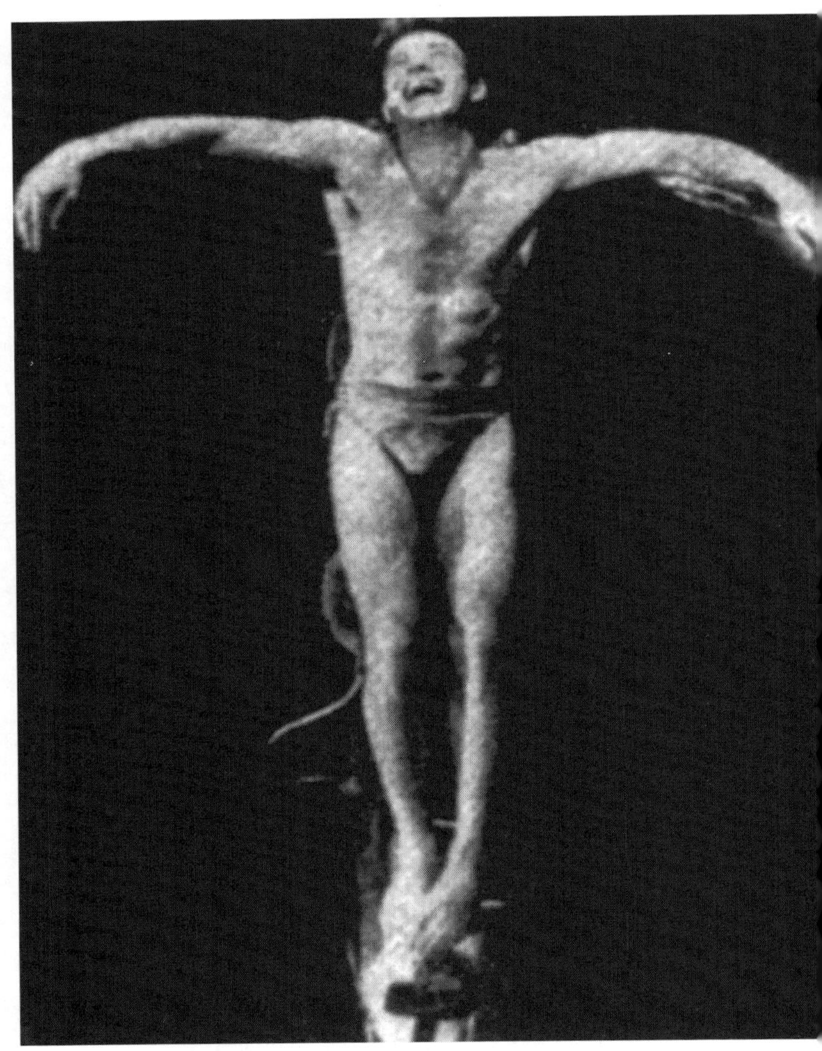

Em Cemitério de Automóveis

Capítulo XIII

Brincando nos Campos do Senhor

Tive a sorte de viver momentos inesquecíveis na minha vida profissional. Um deles foi ser escolhido, entre mais de 40 atores, para fazer um espetáculo revolucionário no Brasil que foi *Cemitério de Automóveis* com a Ruth Escobar; eu era um ator praticamente de TV naquele momento, mas o Victor Garcia – o diretor que trouxe o espetáculo pro Brasil – juntou todas as expressões jovens daquele momento. Era 68 e eu fui convidado.

Claro que há dificuldades ao longo do caminho, que, certamente, não foi um mar de rosas. Quando eu comecei, tinha uma estrutura muito boa, junto a Cacilda, a Cleyde e todos os outros. Eles eram muito generosos comigo, me alimentavam, davam casa, e eu podia continuar a estudar. Até que eu fui trabalhar na televisão, segui minha vida. E, quando eu estava trabalhando na TV Excelsior, ela faliu.

Fiquei três meses sem receber. Minha filha estava para nascer e eu não tinha dinheiro para o parto. E quem me ajudou foi a Cleyde. Eu tinha me separado dela e era provavelmente um dos momentos mais difíceis da vida dela. E ela me

Na TV Excelsior, com Rosamaria Murtinho e Regina Duarte

ajudou e eu sou grato eternamente por isso. Os outros momentos que eu fiquei sem um centavo no bolso foram quando a Tupi e a Record faliram. É uma sensação muito ruim, mas eu nunca fiquei sentado esperando. No dia seguinte, mesmo arrasado, eu já estava procurando trabalho. Sabia que podia fazer da minha profissão um meio de vida. Nunca me acomodei. Nem com o sucesso, nem com o fracasso.

Mas, entre todas essas composições que fiz, a que mais me marcou foi, sem dúvida (e sem minimizar as outras, claro), no filme *Brincando nos Campos do Senhor*. Foi um mergulho na vida indígena muito fundo.

Tive que repensar toda a postura da representação. Um índio é ingênuo em seu movimento. Sua espontaneidade não tem os traços da cultura ocidental. Convivi com índios, tive que desconstruir meus valores, minhas formas de pensar as coisas. Um exemplo: quando o ator tem que representar uma dor de cabeça, ele faz uma voz um pouco afetada, pode até colocar a mão na cabeça, ou franzir a testa, e diz: *Ai que dor de cabeça*. É um impulso único. O índio não tem essa cultura do gestual para representar sua dor. Não tem essa avaliação do problema que é uma dor de cabeça. Ele pode estar com

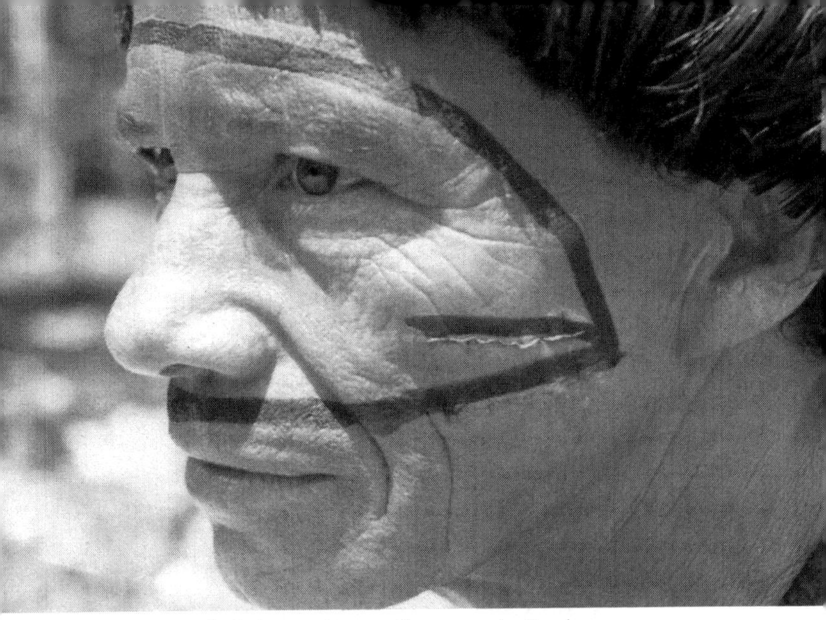

Em cena de Brincando nos Campos do Senhor

a tal dor, coçar a bunda e dizer sorrindo que a cabeça tá dando sinal de dor. A voz sai de um jeito, o corpo indica outro.

Isso é uma 3ª dimensão da representação. Muito difícil porque precisa descobrir como é viver num outro padrão de valores. Tudo é desconhecido e pode ser mostrado de outra maneira. Um tempo atrás, eu tinha feito o índio Aimbé, da primeira versão de *A Muralha*. Mas aquele era um personagem mais superficial porque eu não cheguei a fazer um estudo completo da cultura indígena.

A Ivani Ribeiro, autora da novela, me colocou em contato com um sertanista que me informou muitas coisas a respeito do índio. Coisas mais fáceis de representar, como trocar as letras, falar *lagúa xeena* em vez de Lagoa Serena. O personagem fez um sucesso fantástico.

Foi inclusive este trabalho que motivou o Hector Babenco, diretor do filme, a me convidar para fazer o *Brincando nos Campos do Senhor*. Foram cinco meses convivendo com 300 índios, muitos sem falar uma palavra de português, em Belém do Pará. Eu saía do hotel, viajava algumas horas de carro e virava o Pajé Boronai. No início, eu ficava assistindo, encantado com o que eles faziam, às danças, à forma como conversavam entre si.

Depois da primeira semana de trabalho, eu disse para o Babenco que nunca seria como eles. Porque eu tinha sido criado a partir de uma cultura de representar. E o Babenco me disse: *Eu sei, Stênio. Mas eu vou precisar de determinados rituais no filme que é preciso que um ator tenha uma cultura de representação igual à deles*.

O produtor do filme era o Saul Zaentz. Ele investiu todo o tempo na preparação. Foi então que começamos um trabalho de reconstruir uma cultura de representação. Ele mandou construir uma maloca só para eu treinar. Eu vestia um tapa-sexo com uma folha de coqueiro. A Fátima Toledo trabalhou comigo. Nosso primeiro exercício foi rodar. Eu ainda perguntei: *rodar*? E ela insistiu. Assim como os monges, que giram 11 minutos por conta de uma música. Eu fiquei girando, girando, girando e, num determinado momento, perdi o contato com a realidade. Quando acordei, estava enrolado no principal mastro da maloca, todo sujo, vomitado, mijado e outras coisas mais.

Foi como um esvaziamento. Eu perdi a consciência de mim mesmo por meio desse exercício. Joguei tudo fora. Nunca tinha acontecido antes. Era como se eu estivesse expulsando os valores da representação que eu queria esquecer. Foi uma perda de controle que me ajudou a começar o trabalho que durou mais quatro meses. Fiz ainda outros exercícios. Um de concentração de energia, onde você fica numa posição inerte por 11 minutos, qualquer uma que tenha caído, sem pestanejar, tentando localizar a energia que existe dentro do corpo. Depois, o exercício seguinte era criar formas com essa energia primitiva que estava acumulada dentro do corpo.

E por aí foi. Doze horas de trabalho por dia. Um exercício colaborando para outro. E todos

reconstruindo um ser primitivo como um pajé. Posso dizer literalmente que me tornei outro ator a partir daquele trabalho. Fiz um esvaziamento para recriar outras dimensões de representação. Eu não estava mais preocupado em imitar o índio. Eu simplesmente agia daquele jeito, como eles, porque tinha reestruturado meus conceitos para isso.

Nos trabalhamos com os Xavantes, Carajás, Caiapós, Terenas, enfim, tribos importantes da história brasileira. Uma semana depois que o trabalho começou, eu encontrei – num determinado local da aldeia – uma árvore específica, representantes das tribos com as quais nós estávamos convivendo. E eles estavam lá para me perguntar por que eu queria virar índio!

Eu tive que contornar a situação dizendo que minha vida estava muito ligada a natureza, tinha duas filhas mulheres e não queria o mundo cruel para elas. Fiquei umas três horas falando da minha vida para convencê-los. Só então eles me aceitaram no trabalho. Não sei se acreditaram na minha tese, mas me aceitaram.

Depois de um mês de treinamento, eu fui chamado para fazer uma cena de improviso. Eu fiz a cena na língua dos carajás. E então os representantes das tribos se reuniram de novo e me

Em cena de Brincando nos Campos do Senhor

chamaram. Por que você quer falar na língua Carajá? Eu tentei explicar que o personagem iria falar nessa língua, mas ai não teve jeito. Eles disseram: *Você vai ter que fazer cada cena numa língua diferente*. E então eu comecei a aprender várias palavras nas diversas línguas que conviviam com a gente. Isso ajudou também porque cada uma tem um aspecto. Uma é explosiva. Outra é mais cantada, mais sedutora. A língua Xavante, por exemplo, é mais safada, malandra. E, a cada circunstância, eu usava a língua que me facilitava dramaticamente para as cenas.

No final, eu falei uma cena em cada língua mesmo. Para o público, o importante era que a língua representava a linguagem indígena. Mas, para eles, foi importante também usar um pouco de cada uma. Usei cinco etnias diferentes no filme. Cada necessidade dramática me pedia uma intensidade e eu usava as características da fala para dizer o que o texto pedia.

O filme foi um grande sucesso. E um dos meus maiores prazeres foi quando a Fernanda Montenegro acabou de ver a sessão e perguntou para sua filha, a Fernandinha Torres: *Eu vi o seu nome nos créditos, mas como é que eu não vi o Stênio?* A Fernandinha disse: *Mãe, o Stênio era aquele pajé!* E ela realmente não tinha sequer percebido o ator. Somente o personagem. Isso é o melhor que se pode ouvir de um trabalho.

O filme não foi tão bem nos Estados Unidos, em termos de bilheteria, mas me rendeu alguns convites para outros trabalhos. Que eu acabei não aceitando por conta de outros projetos aqui. O Gabriel Vilela fez uma brincadeira dizendo que ninguém nos Estados Unidos sabia que eu não era índio. Que, se soubessem, eu teria ganho o Oscar... Na verdade, nunca tive realmente vontade de fazer cinema nos Estados Unidos. Talvez, mais jovem, se tivesse estudado inglês, poderia pensar nisso. Mas minha vida é aqui. Assim como meus personagens.

Em cena de Brincando nos Campos do Senhor

Como o Tio Ali, de O Clone, no Marrocos

Capítulo XIV

Máquina de Imagens

Hoje, a indústria da novela é uma máquina que precisa produzir imagens e mais imagens diariamente. É um trabalho literalmente industrial. Seis dias por semana, nove horas por dia, tempo determinado para gravar cada cena (dependendo do tamanho, claro) e, em última instância, atores que precisam entender essa máquina e colocar todo o potencial artístico deles nesse tempo.

Quando o personagem tem destaque na história, a situação é mais intensa ainda. No caso da novela *O Clone*, por exemplo, eu fazia um personagem, o Tio Ali, que era um patriarca responsável por quase 70 por cento do texto inteiro da novela. Ele citava até o Alcorão, tinha um texto cheio de ensinamentos, metáforas. O núcleo árabe tinha uma função vital na estrutura da novela. Chegou num determinado momento que eu gravava em todos os cenários, todas as cenas, todos os dias, de domingo a domingo.

Gravar 40 cenas por dia é angustiante sim. Decorava até 140 páginas por semana. Usava sempre o domingo para estudar meu texto da semana, mas, quando gravava nesse dia, tinha que acordar às 6 horas para decorar o texto do dia. Vivia com o gravador na mão, porque eu gosto de repetir o texto até estar seguro. Eu trabalho com concentração, com técnica, cada personagem é diferente, desde a forma de falar, sotaque, postura, enfim, o texto precisa estar plenamente entendido e decorado.

Fazer isso com muita intensidade demanda muito preparo e eu entendo o porquê de muitos atores vão perdendo energias e mesmo o controle de seus personagens ao longo das novelas. Acabam misturando formas e posturas pessoais porque não conseguem ter tempo de elaborar. Mesmo os mais experientes estão esgotados depois de seis meses nesse ritmo. *O Clone*, por exemplo, durou 10 meses! Para ter essa disciplina no trabalho, é preciso compensar muito com a vida particular. Eu não fumo, durmo cedo, evito muita badalação durante as gravações (deixo para badalar depois).

Essa novela *O Clone* tem outro aspecto interessante que gira ao seu redor. A ideia da Gloria Perez de falar da cultura árabe acabou acontecendo justamente na época dos ataques terroristas às torres gêmeas em Nova York. Isso criou uma discussão muito grande sobre o Islã. E nós, atores, acabamos nos aprofundando muito no estudo desta religião. Foi um aprendizado pessoal nesse sentido. Entender as coisas boas de cada religião, independente dos fanatismos. E a novela foi muito bem porque mostrou isso. Não abordou outra coisa.

Aconteceu que, como nós estudamos muito a cultura árabe, os personagens defendiam a cultura, os valores nobres, contra o radicalismo (que, aliás, não combina em religião alguma). Acabamos virando uma espécie de minimizadores de um possível conflito de culturas aqui no Brasil. Recebi cartas de muçulmanos aqui, principalmente de uma mesquita que tem em Foz do Iguaçu, e é a maior do Brasil, agradecendo pela forma com que a religião deles foi mostrada.

O personagem me deixou saudades e muita coisa boa. Até construí um cantinho na minha casa onde eu posso sentar, meditar na poltrona que trouxe do Marrocos quando estivemos lá para as gravações. Fiz outros personagens de culturas específicas que nos fazem estudar muito esse outro universo e sempre deixam boas lições. O Herculano, de *O Dono do Mundo*, era um milionário. Eu sempre fazia personagens mais brasileiros, mais pobres. Para ele, fui pesquisar biografias de grandes empresários, os donos das grandes corporações mundiais. Descobri um outro mundo também, de certa forma.

Descobri que muitos empresários brasileiros começaram do nada. O Herculano tinha um pequeno caminhão, vendia peixe em Maringá e se transformou no maior supermercadista do País. Com ele, pude estudar como é viver com grandes fortunas, ser uma pessoa cujo poder é quase imensurável. Digo quase porque não se compra tudo. Só faltava eu ir jogar no mercado financeiro. Mas essa, definitivamente, não é minha praia...

Em outra ocasião, eu fui fazer um personagem que era o Mestre Antonio, um pescador jangadeiro. E fui morar exatamente com um pescador jangadeiro no Ceará. Com o Zé do Araguaia, eu fui morar em Mato Grosso por duas semanas. E assim os trabalhos vão se sucedendo. Sempre guardo algumas coisas dos meus personagens. A bengala do Carlitos, que eu fiz, está no meu sítio até hoje. Não são roupas nem coisas grandes. São pequenos símbolos de alguém que eu conheci profundamente, mas que morre logo após o último dia de gravação. A esgrima do Corcoran, de *Que Rei Sou Eu?*, também guardei. Mas sumiu ao longo de mudanças. Deve estar em alguma casa na qual eu morei.

Quando toco nessas coisas, ou quando as vejo, mexo com algumas emoções que tive. Mas as lembranças mais fortes mesmo são quando eu falo. Acho que esses personagens têm muita lembrança verbal. As coisas que eles fazem e as coisas que eles falam. Novela é assim. Então, a memória fica presa nesses aspectos.

Se eu sentar ali no cantinho árabe e tomar um chá com hortelã, vou começar a filosofar sobre a cultura árabe, sobre o Alcorão. O personagem dizia que não há nada que aconteça no mundo, uma folha sequer que caia, que não seja da vontade de Alá. Se Alá quiser que alguma coisa aconteça, ele diz: Seja. E então a coisa será.

Durante as gravações de Que Rei Sou Eu?, como Corcoran, com Paulo César Grande, Ítala Nandi e Jorge Fernando

Capítulo XV

Diálogo com os Diretores

Eu tenho registro como diretor e, se quisesse, teria seguido essa carreira. Mas não gosto muito. Quero estar na frente, vivendo as emoções de peito aberto. Quando trabalhei de assistente do Antunes Filho, eu pude dirigir os atores também. E todo esse conhecimento só me ajudou também. Mas não fico olhando um trabalho como diretor. Eu me entrego porque tenho que me bastar na parte que faço e confiar naquele que está conduzindo o *show*.

Quando eu preparava os atores, o Antunes chegava e dava outras orientações na hora dos ensaios gerais. Mostrava o raciocínio dele. Mas os atores estavam prontos para qualquer movimentação diferente. Personagens assimilados. E o diretor trabalhava como um cara que afina a orquestra.

Mesmo quando vejo que um cara está fazendo bobagem, eu tenho uma postura disciplinar de não comentar nada – a não ser que seja questionado sobre o assunto. Posso até codirigir, como aconteceu realmente em *Monta Carga*. Eu e o Carlos Vereza escolhemos uma sala numa galeria de arte, construímos as bases para o palco e plateia, desenvolvemos os cenários, figurinos. Eu estava em cena também e me dirigia de certa forma, com o auxílio dele.

Um bom diretor tem que buscar ser o mais simples possível. Olhar o texto e encontrar referências claras para o ator. Indicar com certeza o que quer do ator. Fui assistente do Adhemar Guerra, do Flavio Rangel, do próprio Antunes, e sempre percebi a forma como eles se embrenhavam no texto para descobrir novos significados. Seja Shakespeare, seja Joaninha Busca Pé, o texto é a ferramenta que leva o ator a outros mundos. E o diretor tem que saber o caminho. Dizer uma palavra numa peça de Shakespeare é diferente de outra peça. Porque a palavra nele tem significados que precisam ser descobertos, tanto pelo diretor como pelo ator, para que se chegue ao público.

A postura do artista, nesse aspecto, deve ser de total humildade e generosidade para com aqueles que vão estar no comando do espetáculo. Seja um programa de TV, seja cinema ou mesmo teatro. O que estiver no texto, for desenvolvido pelo diretor em um trabalho com o ator, tem que ser respeitado. Porque é público quem vai *comprar* todo esse trabalho.

Da mesma forma, o diretor também tem que ser humilde e entender a alma do ator. Quem sabe se o que está sendo feito será sucesso ou não? Ninguém. Todo mundo trabalha pelo melhor. Então, o ator tem suas limitações e elas precisam ser levadas adiante pelos diretores. Atores são, em ultima instância, extensões dos diretores, dos autores. E isso precisa ser respeitado porque o homem que se entrega a uma ideia num palco coloca sua alma ali; empresta sua energia para um novo ser, vive novas emoções. Tudo pode estar certo como tudo pode dar errado. E quem vai estar lá na frente para sentir o olhar do público é o ator.

O diretor precisa entender um ator como um ser desprovido de crítica, mas cheio de crítica ao mesmo tempo. Eu sou um ator que seguro a minha autocrítica ao máximo porque senão ela não me deixa trabalhar. Depois que você já adquiriu um certo conhecimento, já esteve certo e errado algumas vezes, repetir caminhos errados é como perder tempo de novas descobertas. Minha autocrítica serve para me dizer que, embora eu tenha a experiência, ainda não sei de tudo. E há sempre a chance de aprender mais.

Por isso o taoísmo me ajuda; ele me ajuda a compreender a oportunidade que sempre vou ter na relação com as pessoas; as chances de aprender mais sobre paciência, sobre tolerância; sobre como controlar raiva, angústia, medo. E você só pode estar apto a aprender isso tudo se estiver vestido de humildade. Não falo de subserviência. Isso é baixa autoestima. Falo de compreender o próximo.

Eu sou muito amigo do Antonio Abujamra. Ele tem liberdade comigo para falar o que quiser. Um dia, ele me disse: *Stenio, você é tão obediente!* Eu achei graça. *Como assim?* perguntei. *Você é muito humilde às vezes!*, ele continuou. Ele argumentou que eu tinha a responsabilidade de ser um ator. Eu concordei. Mas humilde.

Um dos profissionais mais difíceis de trabalhar foi com o diretor Walter Avancini. Eu fiz oito novelas com ele – foi como eu fui para a televisão porque ele me descobriu num ensaio de um espetáculo. Fiz um teste para uma novela, era para ficar três meses e acabei fazendo a novela inteira. Desde então, passou a ser um grande amigo. Eu o chamava de *pai profissional*.

No primeiro dia em que fui trabalhar com ele, passei a chamá-lo de Walter para inverter os valores porque todo mundo o chamava de Avancini. Então, eu perguntei: *Walter, o que eu preciso fazer para não ouvir os teus gritos, que deixam as pessoas mortas de medo, catatônicas?* Expliquei para ele que não queria sentir aquelas coisas porque não conseguiria produzir com sentimentos tão fortes me bloqueando. Ele respondeu: *muito simples. Esteja com o texto decorado, vestido com o figurino do personagem, e chegue ao horário em ponto*. Eu entendi e nunca tivemos um atrito. Fizemos muitos sucessos juntos. Isso não é uma atitude de respeito mútuo? De humildade, em certo grau, para entender as necessidades de cada um?

Ele era um profissional e tanto. Ficava ao lado do cenário quando faltava um minuto para a hora marcada. Quando o relógio dava a hora, ele pisava no cenário, dava bom-dia a todos, pegava o texto dele – que já estava todo decupado – e queria começar a trabalhar.

Hoje em dia, eu noto que os diretores do Rio de Janeiro são um pouco menos disciplinados do que os diretores paulistas. Não queria colocar isso numa briga bairrista, que não é. Mas o modo de vida do Rio, acho, dá um pouco de relaxamento. Em São Paulo, o trabalho é a única saída. E tem também o fato de que fiz quase toda a minha formação profissional em SP. Vai ver é o clima mesmo, as coisas que cada cidade oferece, as possibilidades de dispersão nos momentos de folga são maiores no Rio... e em São Paulo menores. O fato é que vejo algumas diferenças em diretores e começo a perceber que eles têm um pouco a forma de trabalhar do local onde estão.

O trabalho artístico pede uma atenção especial, um foco continuo no processo criativo. Tem que estar em casa, tomando banho, e não se pode esquecer do personagem. Como ele tomaria banho? Que movimento é esse que fiz para mexer o meu corpo? Será que posso usá-lo naquela cena? E por aí vai.

A Ivani Ribeiro foi como minha mãe profissional. Considero o Walter Avancini como meu pai. A primeira novela que eu fiz, *As Minas de Prata*, foi uma adaptação da Ivani Ribeiro de um romance de José de Alencar. Geralmente, eu apresento o estudo do personagem pro autor antes de começar o trabalho e ela se identificou muito com meu trabalho. Isso ajudou no trabalho dela também. Entre TV Globo e Excelsior, foram nove novelas escritas por ela.

Uma vez, o diretor Paulo Ubiratan me disse que sempre quando ela iria começar a pensar na escalação de uma novela, ela dizia o meu nome logo no começo da lista. Teve uma novela que eu fiz na Excelsior chamada *3º Pecado*. Eu fazia um homem mudo, Tomás. A Globo iria fazer uma novela que tinha um personagem mudo.

Era *Sexo dos Anjos*. Ela disse que só faria se eu estivesse no elenco. Mas o personagem era um jovem e eu não era mais um garoto. O Paulo argumentou e foi por isso que ela aceitou. Aí chamou um jovem ator, Marcos Frota, que fez o trabalho e me disse que retirou muitos elementos do que eu tinha feito no passado.

Minha amizade com a Ivani ia além da relação autor-ator. Eu não telefono para o autor das novelas durante o trabalho. Mas ela sempre me oferecia um jantar, um chá, então nós nos encontrávamos com uma certa periodicidade para falar de vários assuntos, exceto a novela. Eu já fiz três novelas da Glória Perez e acho que nunca falei sequer no telefone com ela. Mas nós nos comunicamos tão bem pela tela da televisão que não precisa de mais nada.

Nelson Rodrigues foi outro autor que eu pude estudar a fundo. Além de ter representado no curso de teatro praticamente todas as crônicas do *A Vida Como Ela É*, fiz também *O Beijo no Asfalto*. Mas o personagem mais completo da minha carreira de ator foi o *Peer Gynt*, de Ibsen, dirigido pelo Antunes filho. Foram quase dois anos de sucesso, ganhei todos os prêmios. A história do personagem acontece dos quinze aos noventa anos de idade. Uma trajetória muito complexa. E acabou tornando-se um momento muito feliz para mim.

Com Ariclê Perez em Peer Gynt

Foi um momento em que eu dominava a técnica plenamente e estava muito preparado para o personagem. Emoção, corpo, tudo estava no mais alto grau de sensibilidade. Tinha acabado de fazer um mergulho no Instituto Nacional do Cego, em SP, onde vivi o processo de reabilitação de pessoas sem a visão. Meus sentidos estavam apuradíssimos.

Nesse momento, apareceu a oportunidade. E eu resolvi usar uma nova forma de atuação que era esquecer o texto depois de tê-lo decorado. Fazer o texto puramente empírico. Como parte do personagem mesmo. Num dos monólogos finais, o *Peer Gynt*, aos 90, descascava uma cebola em busca de sua semente. Cada parte estava relacionada a momentos de sua vida. Os quais ele relatava. Então, quando ele descobre que não há semente porque a cebola é toda em casca, ele chega a uma conclusão acerca de sua própria vida. Totalmente vazia.

Meu treinamento era buscar o texto sem precisar acessar a memória, mas sim a emoção, o fato vivido em minha mente. Acredito que tenha sido um dos grandes momentos de representação na minha carreira. O texto e a história do personagem estavam tão entranhados em mim que eu apenas vivia. E o texto fluía e eu viajava num tempo e espaço que nunca existiram de verdade,

Com o elenco de Peer Gynt

mas era a pura verdade do personagem. Meu corpo, por sua vez, portava-se da mesma forma, com o peso de tudo aquilo que tinha sido vivido.

Quando você alcança um momento de representação como esse, o palco se torna uma espécie de porto de onde o ator viaja, transporta-se para determinados locais que, por vezes, até eu mesmo me surpreendia. O dia a dia do teatro torna-se, desta forma, um roteiro de viagens diferentes. É bobagem achar que a peça é a mesma todo dia.

Capítulo XVI

Diálogo com a Telona

A concentração é algo fundamental para o ator, seja em cinema ou televisão. Ambos pedem doses maciças dela. A TV tem um processo produtivo que não pode parar. O cinema tem uma forma de filmar, com tudo picotado, momento por momento, que é preciso estar apto a concentrar-se para fazer dois segundos de cena. Mas esses dois segundos multiplicam-se muito quando estão na tela grande.

O cinema brasileiro ainda tem deficiências de produção que tornam a necessidade de concentração do ator muito maior. Às vezes, o filme não tem dinheiro para fazer muitas repetições da mesma cena. E a responsabilidade de não errar recai sobre o ator. No meio da cena, você lembra que está gastando o dinheiro dos outros. Pronto, a atuação fica comprometida. A única vez que ganhei bem e pude trabalhar com tranquilidade no cinema foi numa produção americana, o filme do Hetor Babenco, *Brincando nos Campos do Senhor*.

Claro que, para o ator, ver seu trabalho numa tela de 30 metros é um prazer incrível. É diferente de se ver na televisão, que tem um poder

Em cena de Eu, Tu, Eles

de comunicação com o público incomparável. O trabalho, portanto, torna-se de uma comunicabilidade extrema. E a produção de TV melhorou muito nos últimos anos.

Quando fiz o *Vigilante Rodoviário*, por exemplo, tudo era resolvido na criatividade por causa da falta de recursos. Uma lona no chão servia para mover o *cameraman* porque não tinha trilho. Claro que, para quem via filme americano, aquilo era uma frustração. Enfim, depois fui me acostumando e entendendo o esforço dos profissionais que estavam do outro lado tentando com sinceridade fazer o melhor que podiam.

Atualmente, o cinema melhorou e podem-se fazer trabalhos profissionalmente importantes, com processos de produção bem elaborados. O *Eu Tu Eles*, por exemplo, me permitiu ir para um lugar viver uma história que eu considerei importante. Não ganhei muito, mas tive uma experiência profissional que me satisfez.

Sobre a história, é engraçado como todo mundo parece dividir mulher no Nordeste! Não é regra, mas encontrei alguns grupos assim. O filme foi inclusive baseado numa história real. Eu, o Luis Carlos Vasconcelos e o Lima Duarte, em conjunto com o Andrucha Waddington, diretor do filme, conceituamos que aqueles três caras seriam divididos e representariam diferentes necessidades daquela mulher. Um era a sexualidade, o outro era o filho, outro era o pai.

O cinema tem um poder imensurável e incomparável. Muito além da televisão, que começou na casa das pessoas e já nasceu como uma companheira de solidão, como prestadora de serviço, como meio de informação. O cinema nasceu com valores poderosos, com dramaturgia cheia de imaginação, depois enveredou para o registro histórico de fatos. E atinge mundialmente pessoas de diferentes culturas de forma inequívoca. Ele próprio alimenta a televisão com os filmes.

E tem também uma força na forma como apresenta o ser humano que praticamente é a janela da vida. Os defeitos e as virtudes ficam expostos, eternizados, trazendo as mesmas questões para sempre. E também trouxe as novidades tecnológicas, os efeitos especiais que nos permitem pensar em qualquer realidade e ver, ouvir e sentir como aquela realidade pode ser vivida.

O filme tem o poder de impactar o homem. Não muda o mundo, não muda o homem. Mas deixa questões. Cria valores. Bons ou maus. Não gosto de cinema didático, de filmes que estejam pensados. Gosto de filmes que me trazem questões, que me ajudam a pensar o ser humano. Gosto

de filmes que pintam os quadros do cotidiano com novas cores. E não se acomodem apenas em retratar o que já conhecemos.

Neste sentido, eu dou um valor enorme ao roteirista. Ou, mais especificamente, ao cinema de autor, onde o roteirista também é o diretor. Um filme como *Invasões Bárbaras*, por exemplo, que me tocou profundamente, mostra que o cinema tem essa possibilidade de abordagem, de mexer com coisas que te emocionam muito. Ou te revoltam. Mas mexem contigo.

Eu era apaixonado por Chaplin. Via tudo dele. Tenho coleção de DVDs, da vida toda, desde os curtas. Era um homem com um propósito, um diretor com uma visão de realizador específica, humanista, que iluminou muitas coisas para muita gente.

O teatro pede uma técnica muito bem apurada, principalmente em cima da concentração. Se você tiver que pensar em alguma coisa, perde ela. A magia da representação está presente na surpresa do que pode acontecer quando o pano sobe e os personagens entram em ação. Para isso ocorrer, é preciso estar plenamente concentrado no que está acontecendo. Não pode perder o personagem nem por um segundo.

Em cena de Eu, Tu, Eles

Capítulo XVII

Diálogo com a Telinha

Eu raramente me vejo na tela, principalmente na televisão. No cinema, também tenho resistência. Mas, como acontece com menos frequência, posso ver uma vez ou outra. Embora seja difícil também. Eu fiz mais de 200 capítulos da novela *O Clone*. Mas, se vi mais de 10 capítulos no ar, foi muito. Me cobro muito e não conseguiria trabalhar no dia seguinte depois de ver algo que não gostasse. Iria querer parar tudo, estudar novamente, acertar os rumos dos personagens.

Acontece que a televisão é uma mídia tão dinâmica que logo nos informa se o caminho que apostamos está certo ou não. Quem dá essa resposta é o público. Uma cena hoje, as respostas vêm amanhã. E pronto. Você vai entendendo como o seu trabalho está sendo visto. Autor e diretor ajudam, colegas do elenco se entendem e tentam cooperar na maioria das vezes. Mas quem dá o veredicto é o público. Então, por que eu vou ver o meu trabalho para me julgar extremamente? Prefiro ver o resultado desse julgamento.

A televisão no Brasil, não somente a TV Globo, está num processo intenso de modernização.

Vai integrar mídias, juntar-se ao computador, mudar a forma de produzir. Ficar cada vez mais necessária dentro das casas das pessoas. Quando começou, ela era como um acessório de *status* na sala da casa. Veio acrescentar ao que o rádio já fazia. Muita gente dizia que o rádio iria acabar. Mas era falta de visão.

Hoje em dia, o aparelho de televisão também virou uma espécie de rádio, porque a dona de casa ouve a novela enquanto está na cozinha. Dá uma olhada de vez em quando. O mesmo acontece com os telejornais. Acredito que, como o veículo ainda não se completou, a forma de trabalhar nele também não está plenamente definida.

Se a forma de iluminar vai mudar com o advento de novas tecnologias, a forma de atuar vai se adequar a isso. Para nós, artistas, acredito que o trabalho vá continuar dependendo de talento artístico. Se nossa imagem vai passar no celular, os *closes* serão mais importantes para essa mídia e, portanto, nosso trabalho facial também vai precisar estar bem desenvolvido. O meio vai continuar sendo a mensagem, mas essa vai se desenvolver.

Mesmo que esses *reality shows* se multipliquem, e registro que não gosto desse tipo de programa particularmente porque são rasos em classificar as relações humanas e forçam todas as situações com o pretexto de verdade, haverá sempre momentos ricos de trabalho na televisão com profissionais de dramaturgia em ação. Com a superdiversidade, o espectador vai poder continuar escolhendo com muito mais critério. Há muito comodismo no espectador da televisão de massa porque não há tantas ofertas. A TV a cabo ainda é uma realidade restrita. Mas, quando o povão tiver acesso a outros programas, a força do talento há de prevalecer.

Só é necessária uma condição: esquecer esse culto à celebridade. A TV Globo é uma *vitrine* e tem gente que começa a trabalhar nela para poder apresentar baile de debutante e ganhar dinheiro. Se essa é a meta desta pessoa, informo que ela vai terminar sua carreira brevemente. Mas se aproveitar toda a estrutura de uma empresa como a TV Globo, por exemplo, e quiser aprender, viajar, estudar cada vez mais, ela vai estar no caminho certo. É preciso investir em si mesmo o tempo todo. E o resultado aparece com o tempo.

A primeira novela na TV Globo em que fiz uma participação foi *Véu de Noiva*, em 72. Eu já tinha feito novelas desde *As Minas de Prata*, em 65, na TV Excelsior, além de duas novelas na TV Tupi (*Hospital* e *Idade do Lobo*). Mas a primeira produção da Globo na qual tive um personagem completo, do início ao fim, foi *Cavalo de Aço*, em 72, autoria de Walter Negrão. Eu estava numa fase difícil da minha vida. A TV Tupi e a Excelsior me deviam salários mas estavam com problemas financeiros. Minha filha estava para nascer e eu não tinha nada. Estava fazendo uma peça de teatro chamada *Hair*, do Altair Lima. Foi quando o Carlos Imperial produziu *Um Edifício Chamado 200*. E eu fui substituir um ator. Uma grande ajuda.

O diretor Walter Avancini foi ver a peça e me convidou para a novela. Era uma espécie de faroeste americano em que bandidos e mocinhos lutavam. O Ziembinski estava no elenco e o seu personagem controlava uma aldeia que tinha extração de madeira no Paraná. Meu personagem, Brucutu, era o foguista que trabalhava na estrada de ferro que fazia o transporte. O Tarcísio Meira era o maquinista. Montávamos em nossas motocicletas e combatíamos os homens maus. Um sucesso absurdo. O elenco tinha ainda Beth Faria, Arlete Salles, Carlos Vereza, entre tantos artistas talentosos.

Essa novela, assim como todas as outras de sucesso, são produtos finais do trabalho de uma figura muito importante na televisão brasileira: o autor de novelas. Este profissional é um sonhador, um homem ou mulher com uma capacidade

Em Cavalo de Aço, *com Tarcísio Meira*

tão grande de inventar tramas, recriar universos, que se deve a ele muito do sucesso da própria televisão brasileira. E mesmo da TV Globo, que nasceu com novela e jornalismo como o forte de sua programação. Quero deixar aqui impresso o meu reconhecimento a esses profissionais.

Além disso, o autor de novelas moderno tem noções de comercialização para sua história, sabe que os núcleos de personagens podem – e devem – falar para a população de classes de A a Z. Usa narrativas clássicas mas recria dentro dessas tramas. Um trabalho insano de escrever seis capítulos por semana, com 50 a 60 páginas cada. Ter, em certos casos, mais de 100 personagens, todos com conflitos definidos, com histórias que se cruzam, não é fácil. Autor de novela é mesmo um cargo importante na vida nacional. Dizem que, junto com técnico da Seleção Brasileira, é dos postos mais importantes da vida do País. É verdade.

Quando estou fazendo uma novela, não telefono para os autores. Não faz parte de minha índole e não sei fazer isso. A novela é uma jornada de oito meses, pode acontecer de tudo durante esse tempo. Prefiro ficar na minha, fazendo o meu trabalho, e percebendo o que o autor está achando por meio dos textos que se renovam semanalmente.

A cada novela que termino, procuro ler umas cinco biografias diferentes. Elas sempre me dão a medida certa da minha vida. Porque eu acompanho a vida dos outros e aprendo com eles – e me recoloco num rumo certo.

Entre as muitas novelas que fiz, uma delas ficou marcada realmente por um fato trágico que foi o assassinato da Daniela Perez, uma coisa que chocou o mundo artístico. Eu já tinha feito o pai dela numa outra história, em *O Dono do Mundo*. Tinha um carinho enorme por ela, pela profissional em formação, pela jovem talentosa.

Foi algo muito marcante e infelizmente inesquecível. Já havia acontecido de uma integrante do elenco falecer durante as filmagens. Foi a Glauce Rocha, quando estávamos fazendo a novela *O Hospital*, na TV Tupi. Mas era um fato natural e tínhamos que seguir adiante. Mas ver a realidade nua e crua invadir o nosso trabalho de forma tão violenta e estúpida nunca tinha acontecido. Tenho certeza que nunca tinha ocorrido na história brasileira.

Tudo aquilo foi muito estranho. Aquele cara tinha um histórico de marginalidade. Ficamos nos perguntando como ele conseguiu ser chamado para uma novela e entrar na intimidade de uma menina. Enfim, já se falou muito disso. A ausência dela é que foi muito sentida.

Nós fizemos uma cena... meia hora depois nos despedímos de mais um dia de trabalho e, de repente, logo em seguida, ela estava sofrendo nas mãos de um assassino. No dia da gravação, ela saiu comigo e eu ainda brinquei com ela: *Dani, está cheio de criança aí, eu tenho que sair correndo porque vou para Ubatuba, dá uns autógrafos para as crianças por mim.*

Ela estava saindo com a Marilu Bueno. Atendeu às crianças. E, no dia seguinte, veio a notícia. Fiquei me perguntando por que não percebemos isso antes, porque as atitudes dele não eram muito boas, ele era um tanto estúpido nos bastidores.

Espero que ela esteja bem, onde estiver. Porque, se de um lado tinha muito ódio e maldade, de outro tinha muito amor e muito carinho. Ela era muito amada e espero que o espírito dela saiba sempre disso.

Capítulo XVIII

Diálogo com o Público

Eu gosto de dar palestras. São uma conquista da minha carreira. Domino bem, gosto de interagir com as pessoas, compartilhar conhecimentos, ver como sua vida é percebida por outros. Eu narro bem e isso também me ajuda a treinar o raciocínio sobre meu trabalho, sobre meus métodos de interpretação. Quando você conta para alguém sobre você, ao mesmo tempo está também fazendo um pouco de terapia em grupo.

Quando transmito a jovens iniciantes algumas dificuldades que passei no inicio da carreira, e percebo que eles também estão envolvidos nelas, revivo, de certa forma, o aprendizado que obtive. Isso me fortifica. O mesmo acontece com os cursos de interpretação que dou. Eles ajudam muito porque reciclo, aprendo com iniciantes.

Sou mais para o experiente que se abaixa para ajudar o pupilo do que aquele que não sai do trono. O curso chama-se *Informações Sobre Atores.* São 30 horas de trabalho e informação. Compartilho minhas fontes de conhecimento, meus caminhos, com toda a sinceridade que puder. Cada um tem o seu, claro. Mas vejo que ajuda muito.

A primeira história que gosto de contar é sobre o confisco do dinheiro feito pelo ex-presidente Collor. Eu sempre digo assim:

Um dia, chegando na TV Globo, o presidente da República tinha acabado de congelar todas as economias do povo brasileiro. Diziam que a TV Globo iria fechar, que os teatros iriam fechar e iria acabar a arte no Brasil. E agora Stênio? Então eu falei: Olha, eu tinha acabado de fazer um curso de acrobacia de solo, tinha dado o primeiro salto-mortal da minha vida aos 57 anos. E disse: se acabar tudo, eu vou para o Largo da Carioca, que é o local dos desempregados, dou um salto-mortal, conto uma anedota triste e outra alegre, rodo o meu chapéu e as minhas filhas não vão parar de estudar!

É a pura verdade. Eu não tinha nada naquele momento. Apenas a experiência que adquiri. E poderia recomeçar minha vida. Esse é o elixir do ator. Hoje em dia, há livros e mais livros sobre a arte de interpretar. Há roteiros publicados, que possibilitam o estudo de composição que foi feito em determinados personagens. Há a internet, que ajuda nas pesquisas sobre os temas, sobre as informações de um personagem, sobre as rubricas.

É preciso fazer uma divisão didática dos meios de expressão. Trabalhar cada qual especificamente, criar distanciamento, conhecer desde a ponta do fio de cabelo até o dedo do pé dos personagens. Ser como massa de modelar. Dominar a emissão de voz, um fenômeno físico que acontece por uma série de fatores. E é preciso conhecer esses fatores. Entender como o pulmão ajuda. Como deve ser a respiração. Cada ser humano tem 26 caixas de ressonância no corpo. O ser humano comum só trabalha três delas. Mas o ator precisa conhecer como o som repercute no nariz, na cabeça, na garganta... e mais tarde no abdômen, no ombro, nas costas, até mesmo na bunda.

Esse é o domínio da palavra. E o domínio da emoção é infinito. Desde um estado emocional, um momento importante de nossas vidas, até o dia a dia monótono, tudo fica assimilado em nossa mente. Nunca esqueço quando dei o primeiro salto de paraquedas. Essa sensação me acompanha e me ajuda em inúmeros outros momentos.

O ser humano é uma obra de arte inacabada e ele mesmo é quem deve dar os toques finais. Em cada momento, uma pessoa reage de forma diferente. Se você anotar as coisas que pensa hoje, elas não serão as mesmas daqui a um ano.

Eu acredito no talento nato, mas acho que ele também deva ser trabalhado, evoluído na base do estudo. Num dos exercícios que dou, com 70 pessoas, todos reagem de maneiras diferentes ao mesmo tipo de pedido. Essa forma de reagir é a essência do talento de cada um. É o talento que pode ser lapidado. Depende do interesse, da generosidade que a pessoa tem para se expor ao trabalho, abrir sua alma e mergulhar num mundo novo cercado de magia de interpretação.

Portrait

Capítulo XIX

Diálogo com a Vida

Espero que minha história de vida seja uma forma de compartilhar com as pessoas – e principalmente com aqueles que querem seguir uma carreira artística – que o estudo é a base e a diferença entre o ator de sucesso e o que não faz sucesso.

Hoje em dia, sou aposentado por idade. E continuo trabalhando. Não saberia viver sem trabalho. É um elixir para mim. Esse negócio de cigarrinho de palha na boca, pés pra cima, sombra e água fresca, para mim, só funciona de vez em quando.

Quanto mais o tempo passa, mais tenho me embrenhado em trabalhos e atividades em todos os setores da minha vida. Tenho feito muita TV, mas também cinema, teatro, tenho feito palestras em viagens pelo Brasil, dou cursos de interpretação, de voz. Na verdade, o trabalho é uma necessidade, além de econômica, de manter um vigor com relação à vida, é uma forma de me manter vivo. Ao mesmo tempo, faço pilates, academia, esteira, musculação. Quando fico doente, por exemplo, fico doente metaforicamente também. Conheço muito pouco hospital, médicos, essas coisas.

O fato é que dentro da minha área de atuação, no universo cultural no qual atuo, tenho tido muito prazer em compartilhar o conhecimento adquirido. Não sou um viciado em trabalho, que fique claro. Sei valorizar o descanso. Curtir minha casa, meus cachorros, gatos, cuidar do jardim e, principalmente, compartilhar a vida das minhas filhas, Cassia Piovesan Faro, a mais velha, e Gaya Piovesan Faro, ambas estilistas, filhas do meu casamento com a atriz Clarice Piovesan. Eu nunca quis impor a minha profissão a elas. E isso foi uma atitude acertada. Porque elas escolheram seus próprios caminhos e, hoje, eu sou grato porque aprendi muito com o mundo da moda. Trago sempre livros, revistas, levo para a loja delas, enfim, curto muito a profissão delas. Tenho o maior orgulho, sou pai-coruja!

Por essas e outras, gosto de escolher com critério as propostas que aparecem. E olha que são inúmeras. Mas tenho um limite que é não me exaurir. Porque isso diminui a qualidade do que estou fazendo.

Minha vida, numa pequena sequência de imagens, é formada daquele personagem que começou pobre, sem perspectivas, mas que foi descobrindo diariamente um novo horizonte e seguiu perseguindo esse limite que sempre esteve muito longe. Sem olhar para trás, nave-

Com as filhas Gaya e Cássia

gando com a certeza de que os ventos são bons. E, mesmo quando os ventos não estavam bons, tinha o braço para remar.

Um personagem que sempre se surpreendeu com outros personagens. Sempre fascinou-se com o ser humano. Sempre respeitou a complexidade das pessoas, sabendo que generalizar uma opinião é errado, que cada indivíduo é o resultado de muitas e muitas informações. Principalmente aquelas que não são ditas literalmente, mas comunicadas com gestos, com olhares e sentimentos.

E, por fim, sou um cara que busca incessantemente dominar os meios de interpretação. Nisso sim, sou absolutamente obcecado. Não adianta fingir no palco, na TV, no cinema. Se os passos não te obedecerem, se a voz não sair direito, a palavra com ritmo, a emoção não for a correta, tudo estará perdido. Essa busca é essencial também.

Ainda, esse suposto personagem da minha vida procura fazer cursos que tragam informações. Palhaço, paraquedismo, espadachim, culinária, canto, bordado... tudo ajuda. Todo ano eu procuro alguma coisa para fazer. O conformismo atrapalha. Quem sabe tudo? Quem tem todo o conhecimento? Ninguém. O eixo de nossas vidas não é o eixo da Vida. Ele pode ser mudado. Pode-se sair dele e mudar a rota.

No fundo, acho que estou sempre treinando o bom e velho *ser ou não ser*. Em algum momento da vida, seja do ator ou de qualquer pessoa, você vai se deparar com uma pessoa no espelho e vai ter que responder se você *é ou não é* realmente aquela pessoa que você está vendo ou gostaria de ver. Essa resposta é a chave da vida. E a arte me ajuda a responder essa pergunta. Ainda bem...

O cidadão Stênio em seu passaporte

Cronologia

Teatro

1951 a 1952

• ***Rosas Rubras***

1º trabalho amador, RJ

1955

• ***Édipo-Rei***

Escola de Teatro, Prêmio Melhor Aluno, RJ

1956

• ***O Anjo***

De Agostinho Olavo, dir. Jose Maria Monteiro, RJ

• ***Joana e os Juízes***

Conservartório Nacional de Teatro, RJ

1957

• ***Cesar e Cleópatra***

Conservatório Nacional de Teatro, RJ, Prêmio Melhor Ator

1959

• ***Longa Jornada e Longo Dia pra dentro da Noite***

Eugene O'Neil, Assistente de Direção com Cacilda Becker no elenco, dir. Ziembinski e Walmor Chagas, SP

• *Os Perigos da Pureza*
Hughes Mills, dir. Ziembinski, 1º trabalho profissional, SP

1959/60
• *A Dama das Camélias*
Alexandre Dumas, Cia. Cacilda Becker, dir. Benedito Corsi, Brasil/Portugal

• *Maria Stuart, Cia Cacilda Becker*
Dir. Ziembinski, Brasil/Portugal

• *Auto da Compadecida*
Ariano Suassuna, Cia. Cacilda Becker, dir. Ziembinski Brasil/Portugal

• *O Santo e a Porca*
Ariano Suassuna, Cia. Cacilda Becker, dir. Ziembinski Brasil/Portugal

1960
• *Boa Alma de "Set Suan"*
Cia. Maria Della Costa, dir. Flavio Rangel ou Gianni Rato, Portugal

• *Gimba*
De Gianfrancesco Guarnieri, Cia. Maria Della Costa, dir. Flavio Rangel, Portugal

1960/61

• ***O Pagador de Promessas***

Dias Gomes, dir. Flavio Rangel, SP

1961

• ***O Protocolo***

Conto de Machado de Assis, contrarregra, dir. Walmor Chagas, SP

• ***A Escada***

De Jorge Andrade, dir. Flavio Rangel, SP

1962

• ***A Semente***

De Gianfrancesco Guarnieri, dir. Flavio Rangel, SP

• ***O Santo Milagroso***

De Lauro Cesar Muniz, dir. Walmor Chagas, SP

1963

• ***Ossos do Barão***

De Jorge Andrade, direção de cena, dir. Maurice Vaneau, SP

1964

• ***Almas Mortas***

De Nicolai Gogol, dir. Flavio Rangel, SP

• ***A Morte do Caixeiro Viajante***
De Arthur Miller, dir. Flavio Rangel, SP

• ***Cesar e Cleópatra***
De Bernard Shaw, dir. Ziembinski, SP, (segunda interpretação)

• ***Yerma***
De Garcia. Lorca, dançarino flamenco, dir. Antunes Filho, SP

• ***Vereda da Salvação***
De Jorge Andrade, dir. Antunes Filho, assistente de direção, SP

• ***Onde Canta o Sabiá***
Adaptação de Hermínio B. Filho, musical, SP

1965
• ***Ó Que Delícia de Guerra***
Musical, dir. Ademar Guerra, SP

• ***As Fúrias***
De Rafael Alberti, dir. Antonio Abujamra, dir. geral Ruth Escobar, SP

1966
• ***Tchin Tchin***
De François Billetdoux, dir. Antonio Abujamra, SP

Em Onde Canta o Sabiá

1967

• ***Black Out***

De Frederick Knott, dir. Antunes Filho, SP

1968

• ***A Cozinha***

De Arnold Ester, dir. Antunes Filho, codiretor, SP

• ***Cemitério de Automóveis***

De Fernando Arrabal, dir. Victor Garcia, SP

Em Cemitério de Automóveis

1969

• ***Rito do Amor Selvagem***

De José Agripino, dir. José Agripino, assistente de direção, SP

1970

• ***As Aventuras de Peer Gynt***

De Henrik Ibsen, dir. Antunes Filho, Prêmio Molière de Melhor Ator, SP

1971

• ***A Massagem***

De Mauro Rasi, dir. Emilio Di Biasi, SP

1972

• ***Jesus Cristo Superstar***

Dir. Altair Lima, SP

• ***Hair***

Dir. Altair Lima, SP

1972

• ***Um Edifício Chamado 200***

De Paulo Pontes, dir. José Renato, prod. Carlos Imperial, Rio de Janeiro

1973

• ***Monta Carga***

De Harold Pinter, dir. Stênio Garcia e Carlos Vereza, produtor, cenógrafo, encenador e ator, SP

1974

• *Carlito – O grande sonhador*

Inspirado em Charles Chaplin, dir. Jorge Bustamente, RJ

1977

• *A Mulher Integral*

De Carlos Eduardo Novaes, dir. Walter Avancini, RJ

1980

• *Este Banheiro é Pequeno Demais Para Nós Dois*

De Ziraldo, dir. Paulo Araújo, RJ

1984

• *Zartan*

De Ilclemar Nunes, dir. Buza Ferraz, RJ

1986

• *Luzes da Ribalta*

De Charles Chaplin, Adapt. Paulo Afonso de Lima, dir. Stenio Garcia

1993

• *Macbeth*

De William Shakespeare, dir Ulysses Cruz, SP

• *Jogos de Cena*

De Carlos Szlak, dir Luca Baldovino, SP

1997

• ***Ricardo III***

De William Shakespeare, dir. Chico Expedito, SP

• ***Beethoven***

De Mauro Chaves, dir Maurice Vaneau, SP

1998

• ***Michelangelo***

Texto e dir. de Wladimir Ponchirolli, Curitiba, PR

Na peça Beethoven, *com Esther Góes*

Na peça Michelângelo

Cinema

1960
- ***Vigilante Rodoviário***

1º trabalho em cinema, inicio década de 60

1965
- ***Vereda da Salvação***

De Jorge Andrade

1969
- ***A Guerra dos Pelados***

De Silvio Back

- ***A Mulher de Todos***

De Rogério Sganzerla

1970
- ***O Pornógrafo***

De João Callegaro

1973
- ***O Esquadrão da Morte***

De Carlos Imperial

1974
- ***Leila Diniz***

De Luiz Carlos Lacerda

Em cena de A Guerra dos Pelados

1976

• ***Morte e Vida Severina***

De João Cabral de Mello Neto, dir. Zelito Vianna

1977

• ***O Crime do Zé Bigorna***

De Lauro Cesar Muniz, dir. Anselmo Duarte

• ***As três mortes de Solano Lopes***

De Lygia Fagundes Teles, dir. Roberto Santos

1978

• ***Tudo Bem***
De Arnaldo Jabor

1980

• ***Lampião e Maria Bonita***

1988

• ***Quarup, de Antonio Callado, dir. Ruy Guerra***

• ***Circo das Qualidades Humanas***
História de Milton Alencar

1990

• ***Brincando nos Campos do Senhor***
De Peter Matthensen, dir. Hector Babenco

1996

• ***Os Matadores***
De Beto Brant

1998

• ***O Menino Maluquinho 2 – a aventura***
De Ziraldo, Daniela e Fabrizia Alves Pinto, dir. Fabrizia Alves Pinto e Fernando Meirelles

• ***As Amorosas***
De Walter Hugo Khouri

• ***Hans Staden***
De Luis Antonio Pereira

1999

• ***Eu, Tu, Eles***

De Andrucha Waddington

2004

• ***Redentor***

De Claudio Torres

2005

• ***Casa de Areia***

De Andrucha Waddington

2007

• ***Ó Paí, Ó***

De Monique Gardenberg

Televisão

1965

• ***As Minas de Prata***

De José de Alencar, adaptação de Ivani Ribeiro, dir. de Walter Avancini, TV Excelsior

1966

• ***Terceiro Pecado***

De Ivani Ribeiro, TV Excelsior

1967

• ***Os Fantoches***

De Ivani Ribeiro, TV Excelsior

• ***Dez Vidas***
De Ivani Ribeiro, TV Excelsior

1968/69
• ***A Muralha***
De Dinah Silveira de Queiroz, adapt. Ivani Ribeiro, TV Excelsior

1969
• ***Os Estranhos***
De Ivani Ribeiro, TV Excelsior

1970
• ***Hospital***
TV Tupi

1972
• ***Idade do Lobo***
TV Tupi

• ***Véu de Noiva***
TV Globo

1973
• ***Cavalo de Aço***
De Walter Negrão, TV Globo

• ***Semideus***
TV Globo

1977/78
• ***Terra do Sem Fim***
De Jorge Amado, TV Globo

Recebendo o prêmio Roquette Pinto, na TV Record

• ***Feijão Maravilha***
TV Globo

1981
• ***O Amor é Nosso***
De Roberto Freire e Wilson Aguiar Filho, TV Globo

1983
• ***Final Feliz***
De Ivani Ribeiro, TV Globo

• ***Hipertensão***
De Ivani Ribeiro, TV Globo

1985
• ***Corpo a Corpo***
De Gilberto Braga, TV Globo,

1986
• ***Selva de Pedra***
De Janete Clair, TV Globo

1989
• ***Que Rei Sou Eu?***
De Cassiano Gabus Mendes, TV Globo

• ***Sexo dos Anjos***
De Ivani Ribeiro, TV Globo

1990
• ***Rainha da Sucata***
De Silvio de Abreu, TV Globo

1991

• ***Meu Bem Meu Mal***
De Glória Perez, TV Globo

• ***O Dono do Mundo***
De Gilberto Braga, TV Globo

1992

• ***De Corpo e Alma***
De Gloria Perez, TV Globo

1993

• ***Olho no Olho***
TV Globo

1994

• ***Tropicaliente***
De Walter Negrão, TV Globo

1996

• ***Explode Coração***
De Gloria Perez, TV Globo

• ***Rei do Gado***
De Benedito Ruy Barbosa, TV Globo

1998

• ***Torre de Babel***
De Silvio de Abreu, TV Globo

Em A Padroeira, *com Maurício Mattar*

2001
• ***A Padroeira***
De Walcyr Carrasco, TV Globo

2001/02
• ***O Clone***
De Gloria Perez, TV Globo

2003
• ***Kubanacan***
De Carlos Lombardi, TV Globo

2007
• ***Duas Caras***
De Aguinaldo Silva, TV Globo

2009
• ***Caminho das Índias***
De Glória Perez, TV Globo

Minisséries

1976/77
• ***Poema Barroco***
Aleijadinho, de Paulo Mendes Campos, TV Globo

1983
• ***Bandidos da Falange***
De Aguinaldo Silva e Doc Comparato, TV Globo

Na minissérie Decadência, *com Ariclê Perez*

1984

• ***Padre Cícero***

De Doc Comparato e Aguinaldo Silva, TV Globo

1987

• ***O Pagador de Promessas***

De Dias Gomes, TV Globo

1993

• ***Agosto***

De Rubem Fonseca, TV Globo

1995

• ***Decadência***

De Dias Gomes, TV Globo

• ***Engraçadinha***

De Nelson Rodrigues, TV Globo

1997

• ***Hilda Furacão***

De Roberto Drummond, adapt. Gloria Perez, TV Globo

2000

• ***A Muralha***

Adapt. de Maria Adelaide Amaral, TV Globo

2001

• ***Os Maias***

De Eça de Queiroz, adapt. de Maria Adelaide Amaral, TV Globo

2003 a 2007
• ***Carga Pesada***
Direção Geral Roberto Naar

2005
• ***Hoje é Dia de Maria – 1ª jornada***
Dir. Luiz Fernando Carvalho, TV Globo

2006
• ***Hoje é Dia de Maria – 2ª jornada***
Dir. Luiz Fernando Carvalho, TV Globo

Seriados, Casos Especiais e Outros

1963
• ***Tele Teatro 63***
Diretor Stenio Garcia, TV Excelsior

1965
• ***Tele Teatro Brastemp***
Diretor Stenio Garcia, TV Excelsior

1972
• ***Shazam e Xerife***
Com Paulo José e Flavio Miggliaccio, Part. Esp., TV Globo

1974
• ***Agência Lig-Pag***
Programa de humor, TV Tupi

1975

• ***Sarapalha***

De Guimarães Rosa, adapt. Roberto Santos, Caso Especial, TV Globo

1975 a 78

• ***Planeta dos Homens***

Programa de humor, de Max Nunes e Haroldo Barbosa, quadro Xuxu e Kika, TV Globo

• ***Rosas Rubras da Morte***

Texto de Jorge Karan, Caso Especial, TV Cultura

1976 / 77

• ***O Caminho das Pedras Verdes***

Caso Especial, TV Globo

1977

• ***Ratos e Homens***

Caso Especial, de Steinbeck, adapt. Oduvaldo Viana Filho, TV Globo

1978

• ***A Enxada***

Caso Especial, TV Globo, 1978 (programa censurado)

1979 / 80

• ***Carga Pesada***

Seriado, com Antonio Fagundes, TV Globo

No humorístico Planeta dos Homens, *no quadro Kika e Xuxu*

Em Carga Pesada, *2ª temporada*

1981

• ***Delegacia de Mulheres***
Seriado, TV Globo

No especial Capitão Sardinha *(não exibido) da TV Globo*

1990
• ***Boca do Lixo***
Caso Especial, de Silvio de Abreu, TV Globo

1997
• ***Você Decide***
Episódio *A Volta*, TV Globo

1998/99
• ***Brava Gente Brasileira***
Programa educativo, TV Futura

1960
• ***Solidão***
Caso Especial, TV Tupi, início da década de 60

2000
• ***Capitão Sardinha e Marujo Pimenta***
Programa infantil, de Cao Hambúrguer,
TV Globo (não exibido)

Índice

Apresentação – José Serra 5
Coleção Aplauso – Hubert Alquéres 7
Introdução – Wagner de Assis 11
No Início Era o Verbo 17
Diálogo com o Destino 25
A Estrela Sobe 35
Profissional Enfim 39
Diálogo com o Universo 47
Força Motriz 55
Sincronicidade 59
Diálogo com os Personagens 67
A Última Fronteira 77
Diálogo com Corpo, Voz e Emoção 85
Universos Paralelos 95
Bino, Pedro e um Caminhão 103
Brincando nos Campos do Senhor 121
Máquina de Imagens 133
Diálogo com os Diretores 139
Diálogo com a Telona 151
Diálogo com a Telinha 157
Diálogo com o Público 165
Diálogo com a Vida 169
Cronologia 175

Crédito das Fotografias

Todas as fotografias pertencem ao acervo
de Stênio Garcia, salvo indicação em contrário

Divulgação: 124, 127, 129, 131, 150, 154, 189.

Cedoc / TV Globo 84, 104, 105, 109, 111, 113, 115, 84, 161, 189, 196, 197, 199, 202, 204.

A despeito dos esforços de pesquisa empreendidos pela Editora para identificar a autoria das fotos expostas nesta obra, parte delas não é de autoria conhecida de seus organizadores.
Agradecemos o envio ou comunicação de toda informação relativa à autoria e/ou a outros dados que porventura estejam incompletos, para que sejam devidamente creditados.

Coleção Aplauso

Série Cinema Brasil

Alain Fresnot – Um Cineasta sem Alma
Alain Fresnot

Agostinho Martins Pereira – Um Idealista
Máximo Barro

Alfredo Sternheim – Um Insólito Destino
Alfredo Sternheim

Ana Carolina – Ana Carolina Teixeira Soares – Cineasta Brasileira
Evaldo Morcazel

O Ano em Que Meus Pais Saíram de Férias
Roteiro de Cláudio Galperin, Bráulio Mantovani, Anna Muylaert e Cao Hamburger

Anselmo Duarte – O Homem da Palma de Ouro
Luiz Carlos Merten

Antes Que o Mundo Acabe
Roteiro de Ana Luiza Azevedo

Antonio Carlos da Fontoura – Espelho da Alma
Rodrigo Murat

Ary Fernandes – Sua Fascinante História
Antônio Leão da Silva Neto

O Bandido da Luz Vermelha
Roteiro de Rogério Sganzerla

Batismo de Sangue
Roteiro de Dani Patarra e Helvécio Ratton

Bens Confiscados
Roteiro comentado pelos seus autores Daniel Chaia e Carlos Reichenbach

Braz Chediak – Fragmentos de uma Vida
Sérgio Rodrigo Reis

Cabra-Cega
Roteiro de Di Moretti, comentado por Toni Venturi e Ricardo Kauffman

O Caçador de Diamantes
Roteiro de Vittorio Capellaro, comentado por Máximo Barro

Carlos Coimbra – Um Homem Raro
Luiz Carlos Merten

Carlos Reichenbach – O Cinema Como Razão de Viver
Marcelo Lyra

A Cartomante
Roteiro comentado por seu autor Wagner de Assis

Casa de Meninas
Romance original e roteiro de Inácio Araújo

O Caso dos Irmãos Naves
Roteiro de Jean-Claude Bernardet e Luis Sérgio Person

O Céu de Suely
Roteiro de Karim Aïnouz, Felipe Bragança e Maurício Zacharias

Chega de Saudade
Roteiro de Luiz Bolognesi

Cidade dos Homens
Roteiro de Elena Soárez

Como Fazer um Filme de Amor
Roteiro escrito e comentado por Luiz Moura e José Roberto Torero

O Contador de Histórias
Roteiro de Luiz Villaça, Mariana Veríssimo, Maurício Arruda e José Roberto Torero

Críticas de B.J. Duarte – Paixão, Polêmica e Generosidade
Luiz Antonio Souza Lima de Macedo

Críticas de Edmar Pereira – Razão e Sensibilidade
Org. Luiz Carlos Merten

Críticas de Inácio Araújo – Cinema de Boca em Boca: Escritos Sobre Cinema
Juliano Tosi

Críticas de Jairo Ferreira – Críticas de invenção: Os Anos do São Paulo Shimbun
Org. Alessandro Gamo

Críticas de Luiz Geraldo de Miranda Leão – Analisando Cinema: Críticas de LG
Org. Aurora Miranda Leão

Críticas de Ruben Biáfora – A Coragem de Ser
Org. Carlos M. Motta e José Júlio Spiewak

De Passagem
Roteiro de Cláudio Yosida e Direção de Ricardo Elias

Desmundo
Roteiro de Alain Fresnot, Anna Muylaert e Sabina Anzuategui

Djalma Limongi Batista – Livre Pensador
Marcel Nadale

Dogma Feijoada: O Cinema Negro Brasileiro
Jeferson De

Dois Córregos
Roteiro de Carlos Reichenbach

A Dona da História
Roteiro de João Falcão, João Emanuel Carneiro e Daniel Filho

Os 12 Trabalhos
Roteiro de Cláudio Yosida e Ricardo Elias

É Proibido Fumar
Roteiro de Anna Muylaert

Estômago
Roteiro de Lusa Silvestre, Marcos Jorge e Cláudia da Natividade

Feliz Ano Velho
Roteiro de Roberto Gervitz

Feliz Natal
Roteiro de Selton Mello e Marcelo Vindicatto

Fernando Meirelles – Biografia Prematura
Maria do Rosário Caetano

Fim da Linha
Roteiro de Gustavo Steinberg e Guilherme Werneck; Storyboards de Fábio Moon e Gabriel Bá

Fome de Bola – Cinema e Futebol no Brasil
Luiz Zanin Oricchio

Francisco Ramalho Jr. – Éramos Apenas Paulistas
Celso Sabadin

Geraldo Moraes – O Cineasta do Interior
Klecius Henrique

Guilherme de Almeida Prado – Um Cineasta Cinéfilo
Luiz Zanin Oricchio

Helvécio Ratton – O Cinema Além das Montanhas
Pablo Villaça

O Homem que Virou Suco
Roteiro de João Batista de Andrade, organização de Ariane Abdallah e Newton Cannito

Ivan Cardoso – O Mestre do Terrir
Remier

Jeremias Moreira – O Cinema como Ofício
Celso Sabadin

João Batista de Andrade – Alguma Solidão e Muitas Histórias
Maria do Rosário Caetano

Jogo Subterrâneo
Roteiro de Roberto Gervitz

Jorge Bodanzky – O Homem com a Câmera
Carlos Alberto Mattos

José Antonio Garcia – Em Busca da Alma Feminina
Marcel Nadale

José Carlos Burle – Drama na Chanchada
Máximo Barro

Leila Diniz
Roteiro de Luiz Carlos Lacerda

Liberdade de Imprensa – O Cinema de Intervenção
Renata Fortes e João Batista de Andrade

Luiz Carlos Lacerda – Prazer & Cinema
Alfredo Sternheim

Maurice Capovilla – A Imagem Crítica
Carlos Alberto Mattos

Mauro Alice – Um Operário do Filme
Sheila Schvarzman

Máximo Barro – Talento e Altruísmo
Alfredo Sternheim

Miguel Borges – Um Lobisomem Sai da Sombra
Antônio Leão da Silva Neto

Não por Acaso
Roteiro de Philippe Barcinski, Fabiana Werneck Barcinski e Eugênio Puppo

Narradores de Javé
Roteiro de Eliane Caffé e Luís Alberto de Abreu

Olhos Azuis
Argumento de José Joffily e Jorge Duran
Roteiro de Jorge Duran e Melanie Dimantas

Onde Andará Dulce Veiga
Roteiro de Guilherme de Almeida Prado

Orlando Senna – O Homem da Montanha
Hermes Leal

Ozualdo Candeias – Pedras e Sonhos no Cineboca
Moura Reis

Pedro Jorge de Castro – O Calor da Tela
Rogério Menezes

Quanto Vale ou É por Quilo
Roteiro de Eduardo Benaim, Newton Cannito e Sergio Bianchi

Radiografia de um Filme: São Paulo Sociedade Anônima
Ninho Moraes

Ricardo Pinto e Silva – Rir ou Chorar
Rodrigo Capella

Roberto Gervitz – Brincando de Deus
Evaldo Mocarzel

Rodolfo Nanni – Um Realizador Persistente
Neusa Barbosa

Salve Geral
Roteiro de Sergio Rezende e Patrícia Andrade

O Signo da Cidade
Roteiro de Bruna Lombardi

Ugo Giorgetti – O Sonho Intacto
Rosane Pavam

Viva-Voz
Roteiro de Márcio Alemão

Vladimir Carvalho – Pedras na Lua e Pelejas no Planalto
Carlos Alberto Mattos

Vlado – 30 Anos Depois
Roteiro de João Batista de Andrade

Zuzu Angel
Roteiro de Marcos Bernstein e Sergio Rezende

Série Cinema

Bastidores – Um Outro Lado do Cinema
Elaine Guerini

Série Ciência & Tecnologia

Cinema Digital – Um Novo Começo?
Luiz Gonzaga Assis de Luca

A Hora do Cinema Digital – Democratização e Globalização do Audiovisual
Luiz Gonzaga Assis De Luca

Série Crônicas

Crônicas de Maria Lúcia Dahl – O Quebra-cabeças
Maria Lúcia Dahl

Série Dança

Luis Arrieta – Poeta do Movimento
Roberto Pereira

Rodrigo Pederneiras e o Grupo Corpo – Dança Universal
Sérgio Rodrigo Reis

Série Música

Maestro Diogo Pacheco – Um Maestro para Todos
Alfredo Sternheim

Rogério Duprat – Ecletismo Musical
Máximo Barro

Sérgio Ricardo – Canto Vadio
Eliana Pace

Wagner Tiso – Som, Imagem, Ação
Beatriz Coelho Silva

Série Teatro Brasil

Alcides Nogueira – Alma de Cetim
Tuna Dwek

Antenor Pimenta – Circo e Poesia
Danielle Pimenta

Bivar – O Explorador de Sensações Peregrinas
Maria Lucia Dahl

A Carroça dos Sonhos e os Últimos Saltimbancos
Roberto Nogueira

Cia de Teatro Os Satyros – Um Palco Visceral
Alberto Guzik

Críticas de Clóvis Garcia – A Crítica Como Ofício
Org. Carmelinda Guimarães

Críticas de Jefferson Del Rios – Volume I – Crítica Teatral
Org. Jefferson Del Rios

Críticas de Jefferson Del Rios – Volume II – Crítica Teatral
Org. Jefferson Del Rios

Críticas de Maria Lucia Candeias – Duas Tábuas e Uma Paixão
Org. José Simões de Almeida Júnior

Federico Garcia Lorca – Pequeno Poema Infinito
Antonio Gilberto e José Mauro Brant

Ilo Krugli – Poesia Rasgada
Ieda de Abreu

João Bethencourt – O Locatário da Comédia
Rodrigo Murat

José Renato – Energia Eterna
Hersch Basbaum

Leilah Assumpção – A Consciência da Mulher
Eliana Pace

Luís Alberto de Abreu – Até a Última Sílaba
Adélia Nicolete

Maurice Vaneau – Artista Múltiplo
Leila Corrêa

Renata Palottini – Cumprimenta e Pede Passagem
Rita Ribeiro Guimarães

Teatro Brasileiro de Comédia – Eu Vivi o TBC
Nydia Licia

O Teatro de Abílio Pereira de Almeida
Abílio Pereira de Almeida

O Teatro de Aimar Labaki
Aimar Labaki

O Teatro de Alberto Guzik
Alberto Guzik

O Teatro de Antonio Rocco
Antonio Rocco

O Teatro de Cordel de Chico de Assis
Chico de Assis

O Teatro de Emílio Boechat
Emílio Boechat

O Teatro de Germano Pereira – Reescrevendo Clássicos
Germano Pereira

O Teatro de José Saffioti Filho
José Saffioti Filho

O Teatro de Alcides Nogueira – Trilogia: Ópera Joyce – Gertrude Stein, Alice Toklas & Pablo Picasso – Pólvora e Poesia
Alcides Nogueira

O Teatro de Antonio Bivar: As Três Primeiras Peças
Antonio Bivar

O Teatro de Eduardo Rieche & Gustavo Gasparani – Em Busca de um Teatro Musical Carioca
Eduardo Rieche & Gustavo Gasparani

O Teatro de Ivam Cabral – Quatro textos para um teatro veloz: Faz de Conta que tem Sol lá Fora – Os Cantos de Maldoror – De Profundis – A Herança do Teatro
Ivam Cabral

O Teatro de Marici Salomão
Marici Salomão

O Teatro de Noemi Marinho: Fulaninha e Dona Coisa, Homeless, Cor de Chá, Plantonista Vilma
Noemi Marinho

Teatro de Revista em São Paulo – De Pernas para o Ar
Neyde Veneziano

O Teatro de Rodolfo Garcia Vasquez – Quatro Textos e Um Roteiro
Rodolfo Garcia Vasquez

O Teatro de Samir Yazbek: A Entrevista – O Fingidor – A Terra Prometida
Samir Yazbek

O Teatro de Sérgio Roveri
Sérgio Roveri

Teresa Aguiar e o Grupo Rotunda – Quatro Décadas em Cena
Ariane Porto

Série Perfil

Analy Alvarez – De Corpo e Alma
Nicolau Radamés Creti

Antônio Petrin – Ser Ator
Orlando Margarido

Aracy Balabanian – Nunca Fui Anjo
Tania Carvalho

Arllete Montenegro – Fé, Amor e Emoção
Alfredo Sternheim

Ary Fontoura – Entre Rios e Janeiros
Rogério Menezes

Aurora Duarte – Faca de Ponta
Aurora Duarte

Berta Zemel – A Alma das Pedras
Rodrigo Antunes Corrêa

Bete Mendes – O Cão e a Rosa
Rogério Menezes

Betty Faria – Rebelde por Natureza
Tania Carvalho

Carla Camurati – Luz Natural
Carlos Alberto Mattos

Carmem Verônica – O Riso com Glamour
Claudio Fragata

Cecil Thiré – Mestre do seu Ofício
Tania Carvalho

Celso Nunes – Sem Amarras
Eliana Rocha

Cleyde Yaconis – Dama Discreta
Vilmar Ledesma

David Cardoso – Persistência e Paixão
Alfredo Sternheim

Débora Duarte – Filha da Televisão
Laura Malin

Denise Del Vecchio – Memórias da Lua
Tuna Dwek

Dionísio Azevedo e Flora Geni - Dionísio e Flora: Uma Vida na Arte
Dionísio Jacob

Ednei Giovenazzi – Dono da Sua Emoção
Tania Carvalho

Elisabeth Hartmann – A Sarah dos Pampas
Reinaldo Braga

Emiliano Queiroz – Na Sobremesa da Vida
Maria Leticia

Emilio Di Biasi – O Tempo e a Vida de um Aprendiz
Erika Riedel

Etty Fraser – Virada Pra Lua
Vilmar Ledesma

Ewerton de Castro – Minha Vida na Arte: Memória e Poética
Reni Cardoso

Fernanda Montenegro – A Defesa do Mistério
Neusa Barbosa

Fernando Peixoto – Em Cena Aberta
Marília Balbi

Geórgia Gomide – Uma Atriz Brasileira
Eliana Pace

Gianfrancesco Guarnieri – Um Grito Solto no Ar
Sérgio Roveri

Glauco Mirko Laurelli – Um Artesão do Cinema
Maria Angela de Jesus

Haydée Bittencourt – O Esplendor do Teatro
Gabriel Federicci

Ilka Soares – A Bela da Tela
Wagner de Assis

Irene Ravache – Caçadora de Emoções
Tania Carvalho

Irene Stefania – Arte e Psicoterapia
Germano Pereira

Isabel Ribeiro – Iluminada
Luis Sergio Lima e Silva

Isolda Cresta – Zozô Vulcão
Luis Sérgio Lima e Silva

Jece Valadão - Também Somos Irmãos
Apoenam Rodrigues

Joana Fomm – Momento de Decisão
Vilmar Ledesma

John Herbert – Um Gentleman no Palco e na Vida
Neusa Barbosa

Jonas Bloch – O Ofício de uma Paixão
Nilu Lebert

Jorge Loredo – O Perigote do Brasil
Cláudio Fragata

José Dumont – Do Cordel às Telas
Klecius Henrique

Laura Cardoso – Contadora de Histórias
Julia Laks

Leonardo Villar – Garra e Paixão
Nydia Licia

Lília Cabral – Descobrindo Lília Cabral
Analu Ribeiro

Lolita Rodrigues – De Carne e Osso
Eliana Castro

Louise Cardoso – A Mulher do Barbosa
Vilmar Ledesma

Marcos Caruso – Um Obstinado
Eliana Rocha

Maria Adelaide Amaral – A Emoção Libertária
Tuna Dwek

Marisa Prado – A Estrela, O Mistério
Luiz Carlos Lisboa

Marlene França – Do Sertão da Bahia ao Clã Matarazzo
Maria Do Rosário Caetano

Mauro Mendonça – Em Busca da Perfeição
Renato Sérgio

Miguel Magno - O Pregador De Peças
Andréa Bassitt

Miriam Mehler – Sensibilidade e Paixão
Vilmar Ledesma

Naum Alves de Souza: Imagem, Cena, Palavra
Alberto Guzik

Nicette Bruno e Paulo Goulart – Tudo em Família
Elaine Guerrini

Nívea Maria – Uma Atriz Real
Mauro Alencar e Eliana Pace

Niza de Castro Tank – Niza, Apesar das Outras
Sara Lopes

Norma Blum - Muitas Vidas: Vida e Carreira de Norma Blum
Norma Blum

Paulo Betti – Na Carreira de um Sonhador
Teté Ribeiro

Paulo José – Memórias Substantivas
Tania Carvalho

Paulo Hesse – A Vida Fez de Mim um Livro e Eu Não Sei Ler
Eliana Pace

Pedro Paulo Rangel – O Samba e o Fado
Tania Carvalho

Regina Braga – Talento é um Aprendizado
Marta Góes

Reginaldo Faria – O Solo de Um Inquieto
Wagner de Assis

Renata Fronzi – Chorar de Rir
Wagner de Assis

Renato Borghi – Borghi em Revista
Élcio Nogueira Seixas

Renato Consorte – Contestador por Índole
Eliana Pace

Rolando Boldrin – Palco Brasil
Ieda de Abreu

Rosamaria Murtinho – Simples Magia
Tania Carvalho

Rubens de Falco – Um Internacional Ator Brasileiro
Nydia Licia

Ruth de Souza – Estrela Negra
Maria Ângela de Jesus

Sérgio Hingst – Um Ator de Cinema
Máximo Barro

Sérgio Viotti – O Cavalheiro das Artes
Nilu Lebert

Silnei Siqueira – A Palavra em Cena
Ieda de Abreu

Silvio de Abreu – Um Homem de Sorte
Vilmar Ledesma

Sônia Guedes – Chá das Cinco
Adélia Nicolete

Sonia Maria Dorce – A Queridinha do meu Bairro
Sonia Maria Dorce Armonia

Sonia Oiticica – Uma Atriz Rodriguiana?
Maria Thereza Vargas

Suely Franco – A Alegria de Representar
Alfredo Sternheim

Tania Alves – Tânia Maria Bonita Alves
Fernando Cardoso

Tatiana Belinky – ... E Quem Quiser Que Conte Outra
Sérgio Roveri

Theresa Amayo – Ficção e Realidade
Theresa Amayo

Tonico Pereira – Um Ator Improvável, uma Autobiografia não Autorizada
Eliana Bueno Ribeiro

Tony Ramos – No Tempo da Delicadeza
Tania Carvalho

Umberto Magnani – Um Rio de Memórias
Adélia Nicolete

Vera Holtz – O Gosto da Vera
Analu Ribeiro

Vera Nunes – Raro Talento
Eliana Pace

Walderez de Barros – Voz e Silêncios
Rogério Menezes

Walter George Durst – Doce Guerreiro
Nilu Lebert

Zezé Motta – Muito Prazer
Rodrigo Murat

Especial

Agildo Ribeiro – O Capitão do Riso
Wagner de Assis

Av. Paulista, 900 – a História da TV Gazeta
Elmo Francfort

Beatriz Segall – Além das Aparências
Nilu Lebert

Carlos Zara – Paixão em Quatro Atos
Tania Carvalho

Célia Helena – Uma Atriz Visceral
Nydia Licia

Charles Möeller e Claudio Botelho – Os Reis dos Musicais
Tania Carvalho

Cinema da Boca – Dicionário de Diretores
Alfredo Sternheim

Dicionário de Astros e Estrelas do Cinema Brasileiro
Antonio Leão

Dina Sfat – Retratos de uma Guerreira
Antonio Gilberto

Eva Todor – O Teatro de Minha Vida
Maria Angela de Jesus

Eva Wilma – Arte e Vida
Edla van Steen

Gloria in Excelsior – Ascensão, Apogeu e Queda do Maior Sucesso da Televisão Brasileira – TV Excelsior 2ª Edição
Álvaro Moya

As Grandes Vedetes do Brasil
Neyde Veneziano

Ítalo Rossi – Ítalo Rossi, Isso é Tudo
Antônio Gilberto e Ester Jablonski

Lembranças de Hollywood
Dulce Damasceno de Britto, organizado por Alfredo Sternheim

Lilian Lemmertz - Sem Rede de Proteção
Cleodon Coelho

Marcos Flaksman – Universos Paralelos
Wagner de Assis

Maria Della Costa – Seu Teatro, Sua Vida
Warde Marx

Mazzaropi – Uma Antologia de Risos
Paulo Duarte

Ney Latorraca – Uma Celebração
Tania Carvalho

Odorico Paraguaçu: O Bem-amado de Dias Gomes – História de um Personagem Larapista e Maquiavelento
José Dias

Raul Cortez – Sem Medo de se Expor
Nydia Licia

Rede Manchete – Aconteceu, Virou História
Elmo Francfort

Sérgio Cardoso – Imagens de Sua Arte
Nydia Licia

Tônia Carrero – Movida pela Paixão
Tania Carvalho

TV Tupi – Uma Linda História de Amor
Vida Alves

Victor Berbara – O Homem das Mil Faces
Tania Carvalho

Walmor Chagas – Ensaio Aberto para Um Homem Indignado
Djalma Limongi Batista

Dados Internacionais de Catalogação na Publicação
Biblioteca da Imprensa Oficial do Estado de São Paulo

Assis, Wagner de
Stênio Garcia : força da natureza / Wagner de Assis - São Paulo : Imprensa Oficial do Estado de São Paulo, [2009].
232p. il. - (Coleção aplauso. Série perfil / coordenador geral Rubens Ewald Filho).

ISBN 978-85-7060-789-8

1. Atores e atrizes de cinema – Biografia 2. Atores e atrizes de Teatro – Biografia 3. Atores e atrizes de televisão – Biografia 4. Garcia, Stênio, 1933 I. Ewald Filho, Rubens. II. Título. III. Série.

CDD 791.092

Índices para catálogo sistemático:
1. Atores brasileiros: Biografia ; Representação Pública : Artes 791. 092

Foi feito o depósito legal
Lei nº 10.994, de 14/12/2004

Impresso no Brasil / 2009
Reimpresso no Brasil / 2010

Imprensa Oficial do Estado de São Paulo
Rua da Mooca, 1921 Mooca
03103-902 São Paulo SP
www.imprensaoficial.com.br/livraria
livros@imprensaoficial.com.br
SAC 0800 01234 01
sac@imprensaoficial.com.br

Coleção Aplauso Série Perfil

Coordenador Geral	Rubens Ewald Filho
Coordenador Operacional e Pesquisa Iconográfica	Marcelo Pestana
Projeto Gráfico	Carlos Cirne
Editor Assistente	Felipe Goulart
Editoração	Sandra Regina Brazão
Tratamento de Imagens	José Carlos da Silva
Revisão	Wilson Ryoji Imoto

Formato: 12 x 18 cm

Tipologia: Frutiger

Papel miolo: Offset LD 90 g/m²

Papel capa: Triplex 250 g/m²

Número de páginas: 232

Editoração, CTP, impressão e acabamento:
Imprensa Oficial do Estado de São Paulo

imprensaoficial